KB122816

연애 중♥ 오늘부터 1일

연애 중 ♥ 오늘부터 1일

청소년 성장소설 십대들의 힐링캠프, 감정

[십대들의 힐링캠프®] 시리즈 NO.51

지은이 | 이선이
발행인 | 김경아

2022년 8월 8일 1판 1쇄 인쇄
2022년 8월 15일 1판 1쇄 발행

이 책을 만든 사람들
책임 기획 | 김경미
북 디자인 | KHJ북디자인
표지 삽화 | 정지란
교정 교열 | 하얀콩
경영 지원 | 홍종남

이 책을 함께 만든 사람들
종이 | 제이피씨 정동수 · 정충엽
제작 및 인쇄 | 천일문화사 유재상

펴낸곳 | 행복한나무
출판등록 | 2007년 3월 7일. 제 2007-5호
주소 | 경기도 남양주시 도농로 34, 301동 301호(다산동, 플루리움)
전화 | 02) 322-3856 팩스 | 02) 322-3857
홈페이지 | www.ihappytree.com
도서 문의(출판사 e-mail) | e21chope@daum.net
내용 문의(지은이 e-mail) | sun20714@naver.com
※ 이 책을 읽다가 궁금한 점이 있을 때는 지은이 e-mail을 이용해 주세요.

ⓒ 이선이, 2022
ISBN 979-11-88758-52-4
"행복한나무" 도서번호 : 153

연애 중♥ 오늘부터 1일

| 이선이 지음 |

차례

★ 첫 번째 이야기 ★

뜨겁도록 아픈 여름

마법에 빠진 순간 • 8

모쏠 탈출 • 38

예감은 틀리지 않는다 • 51

준비 없는 이별 • 77

★ 두 번째 이야기 ★

부서진 사랑

행복을 주는 사람 ● 108

연애 중♥ ● 127

빠지다 ● 133

열병을 앓다 ● 144

★ 세 번째 이야기 ★

온도 차이

급할수록 돌아가기 ● 164

쪽지 고백 ● 177

슬픈 욕심 ● 201

뜨겁도록 아픈 여름

마법에 빠진 순간

알람이 울리는 소리에 예은이는 기분 좋게 눈을 떴다. 눈을 뜨면서부터 좋은 이 느낌은 무엇 때문일까? 마음 저 깊은 곳에서부터 행복이 모락모락 피어오르는 것만 같은 느낌. 눈에 보이지 않는 천사가 온몸에 행복이라는 마법 가루를 뿌려 준 것은 아닐까? 창문을 통해 쏟아져 들어오는 햇살도 왠지 예은이의 마음을 알고 있는 것만 같고, 창밖에서 흔들리는 나뭇잎도 예은이에게 뭐라 속삭이는 듯하다.

세상의 모든 것들이 둥둥 떠 있는 느낌이 든다. 집도, 거리도, 그리고 예은이 자신도. 아무리 애써 잡아 앉히려 해도 너무 가벼워져서 떠오르고야 마는 것 중 가장 높이 떠오르는 건 바로 예은이의 마음이다. 자꾸 치솟는 마음 때문에 요즘 예은이는 안절부절못하고 있다. 정말이지 마음을 잡아서 튼튼한 밧줄로 어디엔가 묶어 둘 수만 있다면 그렇게라도 하고 싶은 심정이다.

　이렇게 마음이 둥둥 떠서 날아오를 것만 같고, 세상이 온통 구름 위에 있는 것처럼 가볍게 느껴지는 이유가 있다. 바로, 오승준. 이름만 떠올려도 설레는 승준이 때문이다.

　체육 대회를 앞두고, 체육 대회 종목 연습에 한창이던 어느 날이었다. 여학생들은 피구 경기 연습을 마치고 벤치에 앉아 쉬고, 남학생들은 팀을 나누어 축구 연습을 하고 있었다. 골대를 향해 열심히 달리는 무리 가운데 유독 빠른 남자애가 예은이의 눈에 띄었다. 상대편 수비수들을 놀리기라도 하듯 공을 자유자재로 가지고 놀면서 이리저리 움직이는 몸놀림이 예사롭지 않았다.

　'누구지?'

　예은이가 눈을 작게 만들어 가만히 지켜보고 있노라니 옆에 앉은 다혜가 말을 걸어왔다.

　"뭘 그렇게 열심히 봐?"

　"저기 좀 봐. 저기 쟤."

　예은이가 손가락으로 가리키는 순간, 골이 터졌다.

　"우와!!!!"

　아이들이 환호성을 질렀고, 골을 넣은 아이는 다른 남자아이와 하이피이브를 하면시 힌낏 미소 지었다. 미소가 햇살보다 더 환하게 빛났다. 남자애의 미소가 저렇게 예쁠 수 있다니!

"승준이가 골을 넣었네?"

다혜가 말했다.

"어? 어. 그러네. 승준이가 축구를 잘하는구나……."

예은이의 얼빠진 듯한 모습에 다혜가 피식 웃었다.

"야. 손예은! 뭐야 너? 설마, 승준이에게 반하기라도 한 거야?"

"다혜야. 승준이 진짜 멋있다. 그렇지 않아?"

"너, 진심이야?"

고개를 끄덕이면서도 예은이의 시선은 계속 승준이를 따라가고 있었다. 그런 예은이를 바라보는 다혜의 얼굴에 그늘이 내려앉았다.

체육 대회 연습을 마치고 교실로 돌아온 아이들에게서 먼지 냄새와 땀 냄새가 가득했다. 몇몇 여자애들은 땀 냄새가 난다면서 탈취제를 뿌려댔고, 그걸 본 남자애들은 탈취제 냄새가 더 독하다며 실랑이를 벌였다. 어느 냄새가 더 독한지 설왕설래하는 와중에 승준이와 민준이가 교실에 들어와 물을 찾았다.

"야, 누구 물 있는 사람!"

민준이가 머리에서부터 목뒤로 흐르는 땀을 손으로 닦아 내며 물었다.

"여기!"

예은이는 자신도 모르게 큰 소리로 대답하며 텀블러를 건넸다.

"땡큐!"

민준이가 텀블러를 열어 한 모금 마시고 승준이에게 건네자 승준이도 머리를 뒤로 젖혀 물을 마셨다. 물을 마시고 고개를 앞으로 숙이는 순간, 승준이의 이마에 맺혀 있던 땀방울이 보석처럼 반짝이며 흩어져 내렸다.

'아!'

그 순간 예은이는 알게 되었다. 이제부터 자기 마음의 주인은 자신이 아니라는 것을. 이미 마법에 빠지고 말았다는 것을.

오후 수업 시간 내내 예은이는 승준이를 쳐다보느라 수업에 집중하지 못했다. 보지 말아야지 하면서도 자꾸만 눈이 승준이를 향했다.

'아! 저 아이는 집중할 때 저런 표정이 되는구나.'

'미소 지을 땐 눈꼬리가 아래로 내려가네?'

'그러고 보니, 공부도 좀 하나? 집중 잘하는데?'

넋이 나간 듯 승준이를 쳐다보며 실실 웃고 있는 예은이를 옆에 앉은 다혜가 왼쪽 팔꿈치로 쿡쿡 쳤다.

"어? 왜?"

"왜 그러고 있어? 선생님이 계속 쳐다보시잖아."

다혜가 작은 목소리로 속삭였다.

"진짜? 고마워."

예은이는 얼굴이 붉게 달아오르는 게 느껴졌다. 설마 선생님이 눈치채신 건 아니겠지? 수업이 끝나자마자 다혜에게 물었다.

"아까, 선생님이 날 오랫동안 보셨어?"

"응. 너, 입까지 벌리고 넋을 잃고 있더라."

"어머나, 진짜?"

예은이는 쑥스러운지 오른손으로 머리를 긁적이며 말했다.

"나, 어떡하면 좋지?"

"뭐가?"

다혜는 예은이 눈을 뚫어지게 쳐다보며 물었다. 예은이는 다혜의 깊은 눈망울을 보는 순간 왠지 모르게 비밀스럽고 신비스러운 느낌을 받았다. 눈동자가 너무 까매서 그럴까. 깊어서 그렇게 느껴지는 걸까. 친한 친구이긴 하지만 때때로 다혜가 무슨 생각을 하는지 모르겠다는 생각이 들곤 했다. 하지만 지금은 그게 중요한 게 아니다.

"나, 아무래도 승준이를 진짜 좋아하는 것 같아."

예은이의 말에 다혜가 놀라서 벌어진 입을 손으로 가리며 속삭이듯 물었다.

"농담이 아니고 진짜야?"

"응. 진짜."

예은이는 다혜가 자신의 마음을 알아봐 주길 바라며 머리카락이 헝클어지도록 격하게 고개를 끄덕였다.

"그래서. 앞으로 어떻게 하고 싶은데?"

"뭘 어떻게 해?"

예은이의 물음에 다혜가 한숨을 내쉬며 말했다.

"그냥 짝사랑만 할 건지, 고백할 건지 묻는 거잖아."

짝사랑? 고백? 예은이는 아직 그런 생각은 안 해 봤다. 그냥 좋은 건데, 그걸 벌써부터 계획해야 하는 건가 하는 생각이 들었다.

"몰라. 아직 아무 생각 없어. 그냥 좋아."

이렇게 말해 놓고 괜히 부끄러운 생각이 들어 머쓱해져서 웃는 예은이를 다혜는 딱하다는 듯 쳐다봤다.

"왜?"

"잘 생각해 보고 결정해. 승준이……, 아니야."

무슨 말인가 하려다 그만두는 다혜의 태도에서 뭔가 이상한 낌새가 느껴졌다. 예은이는 가슴이 철렁 내려앉았다.

"왜 그러는데? 왜 말을 하다 말아?"

"아무것도 아니야."

"방금 무슨 말 하려고 했잖아."

"내가 무슨? 아니야. 승준이가 인기가 좀 많았다고. 초등학교 때."

이 말을 듣는 순간 예은이는 한숨 돌렸다.

"휴. 난 또 뭐라고. 인기야 당연히 많았겠지. 저렇게 멋있는데."

예은이의 말에 다혜는 어이없다는 듯 고개를 좌우로 흔들었다. 예은이는 두 팔을 들어 손바닥이 위로 향하게 하고선 어깨를 으쓱하며 환하게 웃었다. 예은이의 미소를 보는 사람은 누구나 따라 웃지 않을 수 없었다. 예은이는 벚꽃 같은 아이였다. 온 세상을 한한 빛깔로 물들이는.

“언니, 있잖아. 오늘은 승준이가…….”

예은이는 침대에 엎드려 핸드폰을 들여다보고 있는 언니 예정이에게 말을 걸었다.

“왜? 오늘도 승준이가 멋있었다고? 뭐가 멋있었는데?”

예정이는 예은이를 돌아보지도 않고 마치 AI가 답하듯 기계적으로 말했다.

“피, 좀 제대로 들어주지.”

예은이는 요즘 심장이 너무 빨리 뛰어서 숨쉬기가 힘들었다. 가만히 있으려 해도, 좀 차분해지고 싶어도 도무지 심장이 말을 듣지 않았다. 그래서 누구에게든 이야기라도 좀 하고 나면 마음이 진정될까 싶어 집에 오면 언니에게 이야기보따리를 풀어놓곤 했다. 하지만 예정이는 계속되는 승준이 얘기에 지쳐 가고 있었다.

시무룩한 기색이 느껴졌는지, 예정이가 침대에서 일어나 예은이를 향해 돌아앉았다.

“어이, 동생. 그래. 네 남친이 오늘은 또 얼마나 멋있었는지 말해 봐.”

“남친 아니라니까 그래. 아직은 그냥 나 혼자 좋아하는 거라고.”

“아, 그러세요? 언닌 네가 날마다 얘기해서 네 남친인 줄 알았지. 그래. 암튼, 네 썸남 얘기해 봐.”

“칫. 킥킥.”

예은이는 이런 언니가 있어서 좋다. 겉으로는 툴툴대면서도 챙겨 주는 '츤데레' 같은 언니.

"오늘은 말야. 내가 청소 시간에 빗자루로 교실을 쓸었는데 쓰레기를 모아 놓고 보니깐 쓰레받기가 없는 거야. 그래서 가지러 가려고 하는데, 뒤에서 누가 쓰레받기를 쓱 내밀어서 보니깐, 승준인 거야. 으히히히히!! 언니, 언니. 애도 나 좋아하는 거 맞지? 응? 나를 계속 보고 있었던 거 아냐. 그리고 나한테 쓰레받기가 없는 걸 알고 미리 준비했다가 준 거잖아. 그치? 응?"

"우하하하하! 좋기도 하겠다, 동생아. 야! 우연이야 우연. 승준이가 쓰레받기 쓰고 갖다 놓으려다 네가 쓰레받기를 찾으러 가려는 걸 보고 그냥 준 거 아냐. 뭘 그렇게까지 네 쪽으로만 생각하니, 응?"

"아냐. 승준이는 쓸기 담당도 아니란 말이야. 책상 밀기야."

예은이가 시무룩하게 말했다.

"진짜? 오호! 쓸기 담당이 아니라고? 흠. 그럼 네 생각이 맞을 것 같기도 한데?"

어두웠던 예은이의 얼굴에 다시 생기가 돌았다.

"그치? 맞지? 이거, 진짜 객관적으로 봐도 승준이도 나한테 관심 있는 거야. 그치?"

"응. 인정. 쓸기 담당 아니면 인정."

언니는 팔짱을 끼고 고개를 끄덕이며 전문가답게 말했다. 예은이는 승준이와 사귀기라도 하게 된 마냥 신이 나서 침대 위에서 팔짝팔짝 뛰었다.

"야! 천장에 머리 닿겠다. 그만하지?"

"걱정 마셔! 유휴~~! 언니, 나 그냥 확~! 고백해 버릴까?"

"야! 손예은! 존심이 있지, 너 그러지 마라!"

"왜? 좋아하는데 자존심이 뭐가 중요해? 좋으면 좋다고 하는 게 어때서?"

"그래도 그게 아니야. 걔도 너한테 관심 있는 것 같으니까 계속 지켜봐. 그럼 먼저 고백할 거야."

"진짜? 내가 좋아하는 눈치 보이면, 승준이가 고백할까?"

"네가 싫지 않으면 고백하겠지."

"근데, 고백 안 하면 어떡해? 나 싫어하면 어떡하지?"

예은이는 하루에도 수십 번씩 천국과 지옥을 왔다 갔다 하는 것 같았다. 그런 예은이를 보며 언니는 한심하다는 듯한 표정으로 말했다.

"고백 안 하면 어때? 그럼 그냥 잊어. 너 좋다는 애가 분명 나타날 거야. 그런 애랑 만나면 되지. 네가 뭐가 아쉬워서 쩔쩔매?"

"칫. 그게 말처럼 쉬운 줄 알아? 어떻게 좋아하는 마음을 그렇게 쉽게 잊어? 난 그렇게 안 될 것 같아. 언닌 누굴 좋아하고 잊는 게 그렇게 쉽게 돼?"

예은이는 언니를 이해하기 힘들었다. 좋아하는 마음이 연필로 잘못 쓴 글씨도 아니고 어떻게 그렇게 금방 지울 수 있다는 말인지. 그리고 나를 좋아하는 아이가 나타날지 영영 나타나지 않을지도 모르는데, 언젠가 나타날 그런 아이를 기다리다가 모태 솔로로 대학생이 되어 버리면 어떡하라고. 언니는 남자 친구 있다고 말을 너무 쉽게 한다.

"어이, 동생아. 사랑하는 동생아. 이 언니는 말이지, 네가 이렇게 이해력이 달리는데 어떻게 공부는 잘하는지 이해가 안 될 때가 많아. 언니 말이 진짜 잊으란 말로 들려? 걔가 고백을 안 하더라도 쩔쩔매지 말고, 너를 아끼면서 당당하란 말이야, 이 바보야. 어디에든 너를 좋아할 아이들은 충분히 있으니까. 그만큼 너는 예쁘잖아. 아니, 누굴 닮아서 이렇게 자신감이 없어?"

예은이는 누가 봐도 예쁘고 성격도 좋고 사랑스러운 아이였다. 예은이보다 세 살 많은 예정이는 어렸을 때부터 자신보다 더 많은 관심과 사랑을 받는 예은이에게 질투심을 느낀 적이 많았다. 하지만 정작 예은이는 자신이 얼마나 많은 것을 가졌는지 모르는 것 같다. 너무 겸손하다고 해야 할까 자신감이 없다고 해야 할까. 예정이는 철이 들면서부터 그런 동생의 모습이 안타깝게 느껴져서인지 동생을 아껴 주고 싶은 마음이 들었다.

"알았어. 알았다고. 그러니깐, 그냥 기다리면 된다는 말이지? 나, 언니만 믿는다?"

"그러셔. 아이쿠, 네가 승준이를 좋아하는 걸 세상이 다 알게 생겼다."

"핏~."

피식 웃는 예은이의 미소가 개나리꽃같이 화사했나.

예은이는 학교에 가면 승준이를 볼 수 있다는 기대감 때문인지 아침이면 눈이 저절로 번쩍 떠졌다. 신기하고 놀라운 일이다. 예은이가 일찍 일어나서 준비하는 모습을 보고 엄마는 더 놀랐다.

"너, 어디 아파?"

"내가 왜?"

"아니, 우리 딸 맞아? 늦잠꾸러기 아가씨가 이렇게 일찍 일어나다니 놀라워서."

"엄마 딸 맞아요!"

"무슨 바람이 불어서 이러는지는 모르겠지만, 어쨌거나 일찍 일어나니까 좋긴 하네."

밥을 먹는 예은이 앞에 앉아 턱을 괴고 지켜보고 있는 엄마를 향해 예정이가 말했다.

"엄마! 엄마 막내딸 사랑에 빠졌대!"

"뭐?"

엄마는 갑자기 허리를 빳빳하게 세우고 예은이를 쳐다봤다.

"야, 손예은! 너 왜 엄마한테는 말 안 했어?"

"아니야, 엄마. 그냥, 혼자 좋아하는 거야."

엄마는 실눈을 뜬 채 예은이를 흘겨보며 삐친 척하고 말했다.

"엄마 섭섭해. 엄마한테 비밀 없이 다 말하기로 하고선."

"에이. 엄마 왜 그래~. 말하려고 했어요. 지금은 아니야. 그냥 나 혼자 좋아하는 거야."

"어머? 누가 우리 딸을 혼자 가슴앓이하게 만들어? 어느 녀석이야? 응? 그렇게 멋있어?"

"에휴. 엄마 또 시작이다. 이럴까 봐 내가 말을 못 해요."

예은이는 밥을 먹는 둥 마는 둥 하고 빛의 속도로 양치를 하고 집을 나섰다.

"야! 손예은! 너, 너무 티 내고 다니지 마라! 나중에 후회한다!"

신발을 신고 나가는 예은이의 뒤통수에 대고 엄마는 소리쳤다.

"걱정 마요!"

예은이는 학교에 가는 내내 승준이가 와 있을지 궁금했다.

'아! 제발, 와 있으면 좋겠다!'

어떻게 하면 자연스럽게 말을 걸고 친해질 수 있을지 머리를 굴려 봤지만 도무지 방법이 떠오르지 않았다.

'그래! 다혜한테 물어봐야지!'

교실은 벌써 아이들로 가득 차 있었다. 다들 부지런하기도 하다. 말로는 늘 학교 다니기 싫다고 하면서도 이렇게 일찍 학교에 오는 걸 보면 학교를 좋아하는 게 틀림없다. 창가 쪽에 승준이와 민준이가 나란히 서서 운동장을 바라보고 있는 모습이 눈에 띄었다.

'어쩜! 뒷모습도 저렇게 멋있냐.'

콩깍지가 씌어도 단단히 씐 게 틀림없나. 자리로 가려고 보니 다혜가 예은이를 쳐다보고 있었다. 언제부터 보고 있던 걸까? 예은이는 승준이를 바라보는 자신의 표정이 어땠을지 짐작이 가지 않아 괜히 얼굴이 뜨거워졌다.

"자리로 안 오고, 왜 그렇게 멍 때리고 있었어?"

다혜가 예은이에게 물었다.

"왜? 나, 표정 이상했어?"

속삭이듯 묻는 예은이의 볼이 빨개졌다.

"뭐에 홀린 사람처럼 정신을 놓고 있는 것 같아서."

다혜가 피식 웃으며 말했다.

"승준이 말야. 어떻게 뒷모습까지 저렇게 멋있지?"

예은이의 말에 다혜는 입을 반쯤 벌린 채로 한동안 얼음이 되었다.

"야. 내가 웬만하면 좀 참아 보려고 했는데 너무하는 거 아냐? 승준이가 그 정도는 아닌데."

"에이, 맞는데? 저렇게 멋있는데 뭐가 아니야? 다혜야, 너 승준이랑 같은 초등학교 나왔잖아. 나랑 자연스럽게 친해지도록 좀 도와줘. 응?"

"내가?"

"응. 네가. 헤헤~."

아이처럼 해맑게 웃는 예은이를 보고 다혜도 어쩔 수 없다는 듯 따라 웃었다.

4교시를 보내고 드디어 점심시간이 되었다. 오늘의 주메뉴는 감자

탕과 떡볶이였다. 아침부터 아이들은 급식 먹을 생각에 들떠서 점심
시간만 기다렸다. 조리사님들을 향해 언제나 밝게 인사하는 예은이는
맛있는 걸 많이 받는다. 오늘도 감자탕과 떡볶이를 식판이 넘치도록
얹어 주셨다.

"저, 이렇게 많이 못 먹어요."

"많이 먹어. 맛있어."

"감사합니다."

"어쩜 이렇게 예쁠까!"

조리사님 두 분이 예은이를 보고 웃으며 말씀하셨다. 잠시 후 예은
이와 다혜의 뒤를 따라오던 아이들이 투덜거리는 소리가 들렸다.

"저도 더 주세요!"

"많이 준 거야."

"예은이 많이 주신 거 다 봤어요."

세리가 애교 섞인 목소리로 말했다.

"맞아요. 네? 떡볶이 쪼금만 더 주세요."

예은이는 다혜와 함께 늘 앉는 창가 쪽에 마주 앉았다.

"오늘 감자탕 진짜 맛있다. 그치?"

"그러네."

너무 열심히 먹었을까. 뼈에 붙어 있는 살을 젓가락으로 발라 먹다
보니 얼굴에 양념이 튀었다. 냅킨을 가지러 가려고 자리에서 일어서
던 예은이는 심장이 쿵 내려앉는 것만 같았다. 열심히 먹느라 몰랐는

데 바로 한 테이블 건너편에 앉은 승준이가 예은이를 쳐다보고 있었다.

'맙소사! 언제부터 보고 있었을까?'

냅킨을 몇 장 뽑아서 자리로 돌아온 예은이는 얼굴이 화끈거리는 걸 느꼈다.

'오늘따라 고기를 열심히도 뜯어 먹었는데. 난 몰라. 흑흑.'

예은이는 맞은편에 앉은 승준이가 아직도 자신을 쳐다보고 있을 것만 같아 고개를 들기가 민망했다.

"갑자기 왜 그래?"

다혜가 떡볶이를 입에 넣으며 물었다.

"아니야."

"왜? 맛없어?"

"아니. 오늘따라 감자탕이 맛있어서 신나게 고기를 뜯었는데, 저기 앞에 승준이가 있어."

예은이의 말에 다혜가 뒤를 돌아다봤다. 승준이와 민준이가 나란히 앉아 밥을 먹고 있었다.

"아, 진짜. 나 어떡해."

"뭘 어떡해?"

"부끄러워."

"부끄럽기는 뭐가 부끄러워? 밥 안 먹고 사는 사람도 있어?"

"다 먹지. 하지만 방금 입도 크게 벌리고 안 예쁘게 먹었단 말이야. 창피해."

"걱정하지 마. 안 봤을 거야. 다 밥 먹느라 정신없는데 뭘."

"눈이 마주쳤어."

예은이는 여전히 고개를 숙이고 말했다.

"괜찮다니까. 두 번만 좋아했다가는 밥도 아예 못 먹겠네. 얼른 먹어."

예은이는 떡볶이를 입에 넣고 조심스레 고개를 들었다. 고개를 드는 순간 민준이와 이야기를 하며 웃던 승준이와 또다시 눈이 마주쳤다. 심장이 흔들렸다. 공기가 부족한 것처럼 숨쉬기가 힘들었다. 벅찬 감정이 올라왔다. 짧은 눈 맞춤이었지만, 승준이도 자신에게 호감이 있다는 걸 분명히 느꼈다. 뭔가를 말하고 싶어 하는 눈빛이었다. 그런데 이 느낌이 맞는 걸까. 이걸 어떻게 설명해야 할까.

예은이는 오늘처럼 잔반을 많이 남긴 적이 없었다. 설렘과 막연한 기대 때문인지 심장이 두근거리며 팔딱거려 밥을 먹기 힘들었다. 모든 신경이 오로지 승준이만을 향해 곤두서 있는 게 느껴졌다.

한 사람의 존재가 이렇게 큰 것이었던가. 승준이가 마음속에 없을 땐 몰랐는데, 승준이를 마음에 품게 되면서부터 같은 공간에 있다는 사실, 같은 공기를 마시고 있다는 생각만으로도 예은이는 행복해져서 가슴이 벅찼다. 그러면서도 한편으로는 더 가까이 있고 싶고, 이야기도 하고 싶고 친해지고 싶은 생각에 자꾸만 마음이 조급해졌다.

"나, 그냥 고백할까?"

민트색 형광펜으로 노트에 색칠하던 다혜가 고개를 들어 예은이를 쳐다봤다.

"승준이한테?"

"응."

"진짜 고백하고 싶어?"

"고백은 하고 싶은데, 사실 용기는 안 나."

"너무 급한 거 아냐?"

"그래 보여?"

"응. 조금."

다혜는 계속해서 노트 정리를 하며 말을 이어 갔다.

"급하게 하다 보면, 오히려 더 꼬이지 않을까?"

"그럴까? 근데, 내 마음을 내가 못 잡겠어. 계속 두근거리고 뛰어서 안정이 안 돼."

예은이가 금방이라도 눈물을 터뜨릴 것 같은 표정으로 말했다.

"너, 진짜 좋아하는구나."

다혜가 깊은 눈으로 예은이를 들여다봤다. 예은이는 대답 대신 고개를 끄덕였다.

"그럼, 고백해 보든지."

이렇게 말하고 노트로 눈길을 돌리는 다혜의 말투에 귀찮은 듯한 기색이 묻어났다. 예은이는 마치 남의 일을 이야기하듯 말하는 다혜의 태도에 섭섭한 마음이 들었다. 물론 남의 일이긴 하지만 '절친'의

일 아닌가. 그런데 '도와줄게'라거나, '이렇게 해 보면 어떨까?'가 아니라 '고백해 보든지'라니. 서운한 마음에 괜히 울컥했다.

'다혜는 내가 승준이한테 고백하는 게 싫은 걸까?'

'그렇다면 왜 싫은 거지?'

'남친이 생기면 내가 남친하고만 시간을 많이 보낼까 봐 그럴까?'

가뜩이나 마음이 싱숭생숭한데, 거리를 두는 듯한 다혜의 말에 예은이의 기분은 푹 가라앉았다. 다혜의 뜨뜻미지근한 반응 때문인지 예은이는 오늘따라 수업이 더 지루하고 길게 느껴졌다.

학원을 마치고 나니 밖은 벌써 깜깜했다. 마음이 무거워도 배는 고팠다.

'꼬르르륵.'

얼른 집에 가서 밥 먹어야겠다고 생각하며 걷고 있는데 뒤에서 예은이를 부르는 소리가 났다.

"예은아! 손예은!"

뒤를 돌아보니 민준이였다.

"어? 뭐야? 너 학원 옮겼어? 학원 이쪽 아니었잖아?"

"응. 얼마 전에 이쪽에 있는 학원으로 옮겼어."

"그랬구나."

민준이와 예은이는 유치원 때부터 친구다. 엄마들끼리 친해서 같이 놀러도 다니곤 했다. 하지만 초등학교 고학년이 되면서부터는 남자애들이랑 이야기하면 괜히 오해하고 이상한 소문을 내는 애들이 있어서 친해도 친한 척하지 못했다.

"배 안 고파?"

민준이가 앞에 있는 핫도그 가게를 가리키며 물었다.

"고파."

예은이는 오른손으로 배를 움켜쥐며 미소 지었다. 둘은 핫도그를 하나씩 손에 들고 집으로 향했다.

"너 승준이랑 되게 친하더라?"

"승준이? 응. 같이 축구 하다 보니까 친해졌지."

예은이는 승준이에 대해 뭔가 더 묻고 싶었지만 민준이가 눈치채기라도 할까 봐 더 이상 대화를 잇지 못했다. 그런 예은이를 뚫어지게 쳐다보며 씩 웃던 민준이가 물었다.

"왜? 손예은, 너 조금 수상하다. 혹시 승준이한테 관심 있어?"

"관심은 무슨."

예은이는 정색하며 말해 놓고 마음속으로 후회했다.

'아, 그냥 솔직히 말할 걸 그랬나.'

하지만 남자애들이란 믿을 게 못 된다. 괜히 잘못 말했다가 이야기가 어떻게 부풀려질지 모르는 일이니 함부로 말하면 안 된다고 생각했다.

"아니야, 내가 너를 모를 것 같아? 정색하는 게 더 수상해~!"

"얘가 뭐래. 왜 승준이랑 엮으려고 하는데?"

"아니, 나는 네가 승준이에게 호감 있으면 엮어 주려고 했지."

"진짜?"

예은이는 자신도 모르게 반사적으로 물어 놓고 아차 싶었다.

"봐봐. 마음 있으면서. 그렇지?"

"몰라. 너, 애들한테 한마디라도 이상한 소리만 해 봐. 가만히 안 둬!"

"왜? 호감 있는 게 뭐가 잘못이라고. 승준이한테 잘 말해 볼게."

"하지 마! 하지 말라고. 싫어."

예은이는 민준이가 승준이에게 자신의 이야기를 잘해 줬으면 싶으면서도 승준이가 자신을 어떻게 생각할지 몰라 마음이 오락가락했다.

"아냐. 승준이도 너한테 호감 있는 것 같아서 그래. 걱정하지 마! 우리가 몇 년 지기 친구냐?"

"진짜야? 너, 나 이상하게 만들면 안 돼!"

"이상하게 만들긴 뭘 이상하게 만들어? 염려 붙들어 매라니까. 대신, 잘되면 치킨 쏘는 거다. 알았지?"

"칫. 알았어."

"잘 가~!"

"응. 너도."

이튿날 아침 등굣길. 정문을 들어서니 다혜가 앞에 가고 있는 게 보였다.

"다혜야!"

다혜가 뒤를 돌아보더니 멈춰서 기다렸다. 예은이는 있는 힘껏 달렸다.

"웬일로 이렇게 빨리 와?"

다혜가 물었다.

"헉. 헉. 헉. 응. 그냥. 눈이. 빨리 떠져서."

예은이는 다혜의 팔짱을 끼며 숨을 골랐다.

"근데 너는 날마다 어떻게 이렇게 학교에 일찍 오는 거야?"

"난 아침에 빨리 와서 교실에 앉아 있는 시간이 좋아. 아침 공기 마시면서 조용히 음악도 듣고, 숙제도 하고."

"나도 앞으론 일찍 와서 너랑 같이 공부해야겠다."

"그래."

예은이가 다혜를 향해 웃자 다혜도 따라 웃었다. 다혜의 웃음을 보니 예은이는 어제 잠깐이라도 다혜에게 섭섭해했던 일이 부끄러웠다. 예은이는 두 팔로 다혜의 한쪽 팔을 꼭 끌어안고 걸었다.

교실에는 아이들이 몇 명밖에 없었다. 예은이는 혹시 승준이가 와 있나 승준이 자리를 살폈다. 가방이 있는 걸 보니 온 것 같긴 한데 교실에는 없다. 어디에 갔을까? 승준이 자리를 살피느라 예은이는 자신의 책상 위에 뭔가 놓여 있다는 걸 모르고 있었다. 예은이의 책상 위에 초코 우유가 놓여 있는 걸 먼저 본 다혜가 물었다.

"네 책상에 이거 뭐야?"

"어? 정말?"

예은이도 놀라서 초코 우유를 들어서 이리저리 살폈다.

"뭐지?"

예은이와 다혜는 마주 보고 고개를 갸우뚱했다. 누가 갖다 놓은 걸까? 예은이는 교실을 빙 둘러봤다.

'지금 있는 아이들은 아닌 것 같은데. 그렇다면 혹시……. 승준이?'

'에이 설마. 승준이가 왜?'

"누굴까?"

다혜가 호기심 가득한 얼굴로 물었다.

"모르겠어. 조금 있으면 알게 되겠지 뭐."

예은이는 초코 우유를 책상 오른쪽 모퉁이에 두고, 가방에서 영어 학원 책을 꺼냈다. 단어시험 준비나 해야겠다고 생각하며 책상 속에서 연습장을 꺼내는 순간 바닥에 노란색 쪽지가 떨어졌다.

'이게 뭐지?'

쪽지를 집어 드는 예은이를 본 다혜의 얼굴에 호기심이 가득했다.

"뭐야? 그게 서랍에 있었던 거야? 얼른 펼쳐 봐."

"어? 응."

쪽지를 펼치는 예은이의 손이 가볍게 떨렸다. 이 쪽지를 쓴 사람이 승준이라면 얼마나 좋을까 하는 생각을 하자 마라톤의 마지막 코스를 달리기하는 듯 가슴이 벅차고 뻐근하게 아프면서 호흡이 가빠 오기 시작했다. 드디어 쪽지를 펼쳤다. 악필이 나타났다.

"뭐야! 이 글씨는!"

둘은 웃음을 터뜨리고 말았다. 하지만 그럴 때가 아니다. 쪽지를 읽기 시작했다.

예은아! 초코 우유 좋아한다면서?
이거 마시고, 오늘 하루 파이팅 해라!

– 승준

쪽지를 읽은 예은이의 입가에 숨길 수 없는 미소가 번졌다. 소리를 지르고 싶은 마음을 애써 누르며 손으로 입을 가리고 다혜를 쳐다봤다.

"어머나! 승준이네?"

다혜도 놀랐는지 눈이 똥그래졌다.

"대박! 어쩜 좋아! 다혜야, 승준이가 나한테 관심 있는 거 맞지? 응?"

"응. 그런 것 같아."

"꺄악! 어쩐지 아침에 일어나자마자 왠지 설레더라니. 이렇게 더 일찍 학교에 오고 싶었던 이유가 있는 거였어."

"그렇게 좋아?"

"응. 좋아. 어떡해. 나, 부끄러워서 승준이 얼굴 어떻게 보지?"

"뭘 어떻게 봐? 지금까지 잘도 훔쳐봤으면서."

"훔쳐보긴 뭘 훔쳐봤다고 그래? 그냥 본 거지."

"승준이는 몰랐을 테니까 훔쳐본 거나 마찬가지지 뭘."

"그런가? 히힛!"

눈을 찡긋하며 웃는 예은이의 볼에 보조개가 깊게 패었다. 영어 단어 외운다며 책을 펼쳐 두고선 연습장에 승준이 이름만 썼다. 이런 상황에서 단어가 외워진다면 그건 사람이 아니라 감정이 없는 로봇일 거다. 가슴에서 풍선이 팡팡 터지는 것만 같았다. 팝핑캔디를 입에 가득 머금고 있을 때 톡톡 터지는 그 느낌이 가슴에서 일어났다. 이러다 가슴이 터져 죽는 게 아닐까 걱정이 되었다.

잠시 후 승준이와 민준이가 앞문으로 들어왔다. 승준이와 눈이 마주치자마자 예은이는 얼굴이 달아올랐다. 어쩔 줄 몰라 고개를 숙이고 연습장을 덮었다.

"야, 손예은!"

고개를 들어 보니 승준이와 민준이가 예은이 앞에 와 있었다.

"오늘 빨리 왔네?"

민준이가 웃으며 말했다.

"어? 응."

예은이는 용기를 내 보기로 했다.

"승준아! 초코 우유 고마워. 잘 마실게."

"뭘. 별거 아닌데."

승준이가 예은이를 향해 웃더니 민준이에게 눈짓을 하고선 사신들의 자리로 갔다. 둘이 돌아가자 다혜가 말했다.

"쟤네 요즘 유별나게 붙어 다닌다. 안 그래?"

"응? 어. 그런 것 같아."

"너, 완전 맛이 갔구나? 에휴~."

다혜는 멍하게 앉아 있는 예은이를 보며 고개를 좌우로 흔들었다. 예은이의 귓가에는 아직도 승준이의 목소리가 맴도는 것 같았다.

'뭘. 별거 아닌데.'

'아! 너무 시크한 거 아냐? 진짜 멋있네.'

이튿날 아침. 예은이는 더 일찍 집을 나섰다. 엄마는 썸남이 예은이를 부지런하게 만들고 있어서 아주 맘에 든다며 응원하겠다고 놀려댔다. 아무튼 못 말리는 엄마다.

학교 근처에 도착해서 편의점에 들렀다. 승준이 책상 위에 예쁜 쪽지와 함께 이온 음료를 올려 둘 생각이었다. 승준이가 좋아해야 할 텐데, 어떤 표정을 지을까? 생각만 해도 설레서 어젯밤 잠을 설쳤다. 커다란 이온 음료를 하나 집어 들었다가 세트로 움직이는 민준이도 떠올라 하나 더 집어 들었다.

'이온 음료 하나면 될까?'

'아침마다 와서 운동하던데, 아침은 먹고 오려나?'

이런 생각을 하다 보니 삼각김밥이 자기도 데려가 달라고 손을 내미는 것 같았다. 하지만 삼각김밥까지는 오버인 것 같아서 잠시 망설이고 있는데 오른쪽에서 인기척이 느껴졌다.

"어? 채연아!"

"김밥 앞에 서서 뭘 그렇게 고민하고 있어?"

채연이가 삼각김밥을 집어 들며 물었다. 채연이는 같은 반 친구다. 피부가 하얗고 예쁜 아이. 성격도 좋고 공부도 잘하는 것 같아 친해지고 싶었는데, 친해질 기회가 아직 없었던 차였다.

"어? 아. 그냥 고민이 좀 돼서."

"먹을까 말까 고민될 땐, 그냥 먹는 거야. 우린 폭풍 성장기잖아?"

채연이가 웃으면서 김밥을 예은이에게 건넸다.

"그런가?"

예은이가 머쓱해져서 김밥을 받아 들고, 하나 더 집어 들었다. 채연이와 나란히 계산하고 있는데, 딸랑거리는 문소리가 들렸다. 그리고 승준이와 민준이가 들어왔다. 당황한 예은이의 얼굴이 빨개졌다. 여기서 이렇게 갑자기 마주칠 줄은 몰랐는데 이를 어쩌면 좋나. 그런데 당황한 건 예은이뿐만이 아닌 것 같았다. 민준이도 얼굴이 새빨개지더니 예은이에게 말을 건넸다.

"손예은, 이렇게 일찍부터 무슨 일이야?"

"어? 나?"

예은이는 승준이와 민준이를 번갈아 가며 쳐다보 '에잇, 몰라!' 하는 심정으로 김밥과 이온 음료가 든 봉지를 승준이에게 건넸다. 비닐봉지를 받아 든 승준이의 얼굴도 붉어졌다.

"이게 뭐야?"

"너 주려고 산 거야. 민준이랑 같이 먹어."

예은이는 이렇게 말하고 채연이의 손을 잡고 도망치듯 편의점에서 나왔다. 편의점 밖으로 나오자 채연이가 까르르 웃었다.

"예은아! 너, 방금 정말 웃겼던 거 알아?"

"내가 왜?"

예은이는 아직도 두근거리는 가슴에 오른손을 얹고 물었다.

"비닐봉지를 던지듯이 안겨 줬잖아."

"내가?"

"응."

채연이가 고개를 끄덕이며 웃었다.

"근데 뭐야 너? 승준이랑 사귀는 거야?"

"아니야, 그런 거."

"그럼?"

"아니. 사실은, 내가 승준이를 좋아해."

"꺄~악! 진짜?"

채연이의 반응에 예은이의 얼굴은 더 빨개지고 말았다.

"손예은, 너 그렇게 안 봤는데 용기 있다!"

"아니야. 아무도 몰래 책상 위에 올려 두려고 했는데, 딱 마주쳐 버려서 어쩔 수 없이 준 거야. 비밀 지켜 줄 거지?"

"그럼."

한참 걷다 보니 예은이는 얼굴이 빨개졌던 민준이가 떠올랐다.

"채연아, 아까 민준이 얼굴 봤어?"

"아니. 왜?"

"갑자기 얼굴이 엄청 새빨개졌었어. 왜 그랬지?"

"그래?"

"응. 그런 모습 처음 봤어."

"원래 아는 사이였어?"

"유치원 때부터 친구였어."

"그랬구나. 어때, 민준이?"

"민준이? 뭐, 남자답고, 성격 좋고, 괜찮은 아이지."

채연이는 땅만 보며 묵묵히 걸었다.

"근데 민준이는 왜?"

"아니, 그냥."

"걔가 부끄럼을 타는 애는 아닌데, 얼굴이 빨개져서 놀랐어. 웃기기
도 하고. 이따 놀려 줘야겠다. 히힛."

"이제 보니 너, 장난기도 많구나?"

"그렇게 보여?"

"응."

"하하핫~!"

예은이와 채연이가 웃으면서 교실에 들어서자 자기 자리에 앉아
책을 읽고 있던 다혜가 뚱한 눈빛으로 예은이를 쳐다봤다.

"무슨 책 읽고 있었어?"

예은이가 물었다. 다혜는 책에서 시선을 떼지 않고 답했다.

"어제 읽던 거."

다혜의 목소리에서 냉기가 느껴졌다.

'채연이와 같이 온 게 질투가 난 걸까?'

"채연이랑은, 요 앞 편의점에서 우연히 만나서 같이 온 거야."

"편의점?"

다혜가 고개를 돌려 예은이를 바라봤다.

"응. 뭘 좀 사려고 들어갔는데, 채연이도 김밥을 사러 왔더라고."

"그랬구나. 넌 뭘 샀는데? 아침 안 먹고 왔어?"

"어? 아니. 그게 아니고 말야."

예은이는 수줍게 웃으며 목소리를 낮추어 조금 전에 있었던 일을 이야기했다.

"승준이한테 직접 건네줬다고?"

"응. 그랬다니깐. 근데 채연이가 그러는데 내가 막 던지듯이 줬다는 거야. 나도 모르게 당황해서 그랬나 봐. 나 진짜 바보 같지?"

예은이가 웃으며 다혜를 쳐다보는데 다혜는 책으로 시선을 돌리며 말했다.

"너도 대단하다. 그렇게까지 적극적으로 표현하다니."

다혜의 말투에서 비꼬는 듯한 기색이 느껴졌다. 뭘까. 이 반응은.

"왜? 그럼 안 돼?"

예은이는 불편한 감정을 애써 누른 채 웃으면서 물었다.

"아니. 그런 건 아닌데, 암튼 대단하다고."

"근데 나는 왜 네가 말하는 게 비꼬는 것처럼 들리지? 맘이 조금 아프네."

예은이가 젖은 목소리로 말하자 다혜는 그제야 손사래를 치며 말했다.

"아냐! 그런 뜻 아니었어. 나는 소심해서 감정 표현을 잘 못 하는데 너는 잘하는 것 같아서 부러워서 그런 거야. 오해하지 마. 응?"

"진짜?"

"응. 진짜야. 부러워서 그런 거야."

"피~. 부럽긴. 알았어. 내가 승준이랑 잘되면, 너한테도 한 수 가르쳐 줄게."

예은이는 애써 아무렇지 않은 척 말했다.

오쐬 탈출

　예은이는 교실에서도, 급식실에서도, 복도에서도 승준이가 보인다 싶으면 가슴이 덜컹거렸다. 승준이가 자신을 바라봐 줬으면 싶다가도 혹시라도 마주치면 어쩌나 가슴이 조마조마했다. 승준이도 자신을 보면 이렇게 가슴이 두근거릴까. 그랬으면 좋겠다고 생각했지만 그럴 리가 없다는 쪽에 더 기울었다. 하지만 언제부턴가 승준이가 자신을 지켜보고 있다는 느낌이 들곤 했다. 자주 눈이 마주쳤고, 그때마다 예은이를 빤히 바라보는 승준이의 눈빛이 따뜻했다. 예은이는 어쩌면 승준이도 자신을 좋아하고 있을지도 모른다는 희망을 품게 되었다.

　날씨가 화창한 토요일 아침. 언니, 엄마와 함께 목욕탕에 갔다. 목욕탕만 가면 기운이 다 빠지고 힘들어서 가기 싫은데, 목욕탕 마니아인 엄마의 성화에 토요일 아침마다 끌려 나왔다. 땀을 빼고 나서 여자 셋이 맛있는 점심을 먹는 건 또 하나의 즐거움이긴 하지만 황금 같은 토요일을 목욕탕에서 보내는 건 좀 슬펐다.

손가락이 물에 퉁퉁 불 때까지 목욕을 하고 나오자마자 핸드폰을 꺼냈다. 그 사이에 어디에서 연락이 온 건 없을까 궁금했다. 딱히 중요한 연락이 올 곳도 없는데 왠지 이상하게 설레고 기분 좋은 예감이 들었다고나 할까? 그런데! 여자의 직감은 무서울 정도로 정확하다고 했던가! 예감은 틀리지 않았다. 세상에! 승준이에게 카톡이 와 있었다. 승준이의 이름 옆에 떠 있는 숫자. 아직 읽지 않아 2라고 쓰여 있는 그 숫자를 누르려던 손이 잠시 머뭇거리다, 주먹을 쥐었다 다시 폈다 몇 번을 움직인 끝에 드디어 눌렀다.

🗩 예은아! 나 할 말 있는데, 진심으로 하는 말이야.

🗩 나랑, 사귈래?

"으아아아악!"

예은이는 저도 모르게 소리를 질렀다. 옷을 갈아입던 사람들이 이상한 눈으로 쳐다봤다. 하지만 그런 게 중요한 게 아니었다. 이런 역사적인 순간을 목욕탕에서 맞이하다니 안타까울 뿐이었다. 팔짝팔짝 뛰면서 소리라도 지르고 싶은데 난감하기 짝이 없었다. 심장이 밖으로 나와서 콩콩거리고 뛰어다니는 것만 같았다. 이러다 심장마비가 오는 건 아닌지 모르겠다.

"휴~ 휴~ 휴~."

숨을 고르고 승준이의 톡을 읽고 또 읽고 또 읽었다. 카톡이 온 지 벌써 한 시간이나 지나 있었다. 어쩜 좋아. 승준이가 너무 오래 기다렸을 것 같다.

'음. 뭐라고 보내지?'

'아~앙. 몰라. 너무 좋아.'

핸드폰을 들고 웃으면서 혼자 중얼거리는 예은이를 향해, 예정이가 젖은 머리를 닦으면서 다가왔다.

"너 뭐야? 왜 미친 사람처럼 실실 쪼개고 있어?"

"나, 행복해서 심장 터질 것 같아."

"왜 또 갑자기?"

"이거 봐 봐!"

예은이는 예정이에게 핸드폰을 내밀었다. 핸드폰을 들여다본 예정이가 피식 웃었다.

"아이구, 좋기도 하겠다. 근데 무슨 고백을 톡으로 해? 찌질하게. 만나서 해야지!"

"뭐, 이게 어때서? 쑥스러우니까 그러겠지."

"쑥스럽긴 무슨. 언닌 걔 별로다. 하지만 내 동생이 좋다니, 암튼 축하한다!"

"뭐라고 할까? 응?"

"뭐라고 하긴. 너 하고 싶은 대로 해."

"그래도. 좋은 멘트 좀 알려 줘."

"멘트는 무슨 멘트야? 사귀자고 했을 때 좋으면 Yes, 싫으면 No 지."

"알았어. 큭큭큭."

"어휴~ 날겠네. 날겠어."

예은이는 카톡 창에 답했다.

　　💬 응.

'응'이라는 한 글자를 보내 놓고 나니 부끄럽고 쑥스러워 부끄럼 타는 이모티콘을 선택해서 보냈다. 답을 보내자마자 톡이 왔다.

　　🗨 답이 없어서 싫은 줄 알았어. 엄청 긴장하고 있었어.

　　💬 아니야. 엄마랑 언니랑 잠깐 나와서, 카톡이 온 줄 모르고 있었어.

　　🗨 고마워. 답해 줘서.

　　💬 아니야. 나도 고마워.

사귄다고 하긴 했는데 그럼 이제 날마다 만나는 건가? 무슨 말이든 더 하고 싶은데, 가슴이 방방 뛰어서 생각이 멈춰 버렸다.

💬 내일 뭐 해?

승준이가 다시 말을 건넸다.

🗨 그냥 집에 있어.
💬 그럼, 오후에 공원에서 잠깐 볼까?
🗨 응. 그래.

승준이와 둘이 만난다니! 상상했던 일이 실제로 이루어질 줄이야! 오 맙소사. 드디어 손예은 인생에도 남친이 생긴 거다. 온 세상에 대고 소리치고 싶다.

'저, 남친 생겼어요!!!!'

예은이는 다혜에게 카톡을 보냈다. 다혜가 알면 얼마나 놀랄까? 내가 고백하기 전에 먼저 고백받은 걸 알면 진지한 얼굴이 더 진지해지겠지?

🗨 다혜야! 나 고백받음!
💬 헐, 누구한테?
🗨 누구긴! 승준이지!
💬 진짜?????
🗨 응. 카톡 왔어. 대박이지? 나 너무 설레서 죽을 것 같음. 어쩜 좋아!

💬 죽으면 안 되지.

　　🗨 축하 안 해 줘?

　　💬 축하해. 드디어 모쏠 탈출?

　　🗨 응. 고마워. 이런 일이 나한테도 생기다니! 꿈만 같아!

다혜가 뭐라고 더 물어볼 줄 알았는데 더는 말하지 않았다. 아! 이런 건 만나서 말을 해야 더 실감 나고, 즐거움을 함께 나눌 수 있는데 너무 성급했나 하는 생각이 들었다.

약속 시간은 오후인데 아침 일찍부터 일어나서 샤워하고, 머리 말리고, 드라이하고, 화장을 했다. 어떤 옷을 입을지 고민하느라 침대 위에 옷들이 마구 널려 있어서 그야말로 난장판이었다. 언니의 조언을 받아 연핑크색 브이넥 니트에 청바지를 입었다. 거울 속에서 눈을 깜빡이며 미소 짓는 얼굴은 예은이 자신이 보기에도 화사했다.

집을 나서는 순간부터 자신의 발걸음 소리보다 더 크게 쿵쾅거리며 뛰는 심장 소리 때문에 심호흡을 해야만 했다. 심호흡을 크게 하며 아무리 마음을 가다듬으려 해도 공원에 가까워질수록 심장은 더 빨리 뛰었고 숨쉬기는 더 힘들어졌다. 이러다가 승준이를 만나서는 한마디도 못 하는 건 아닐까 걱정되었다.

저 밀리 승준이가 그네에 앉아 있는 모습이 보였다. 아직은 보지 않았으면 했는데 승준이가 예은이를 발견하고선 손을 흔들었다. 예은이는 승준이가 보고 있다는 걸 의식하다 보니 평소 자신이 어떻게 걸었는지 떠오르지 않았다. 예쁘게 걸어야 할 텐데 지금 이렇게 걷는 게 맞나, 이상하게 걷고 있지는 않나 의식할수록 몸이 더 뻣뻣하게 굳어서 온몸에 깁스를 한 것처럼 부자연스러워졌다.

한 걸음 한 걸음 승준이 앞에 가까이 다가갈수록 심장이 쪼그라들어 이제는 숨도 쉬지 못할 지경이 되고 말았다. 화끈거리는 얼굴을 식히려고 두 손을 볼에 갖다 대어 손바닥으로 가볍게 툭툭 치면서 승준이에게 인사하며 그네에 앉았다.

"안녕~!"

"안녕~!"

승준이도 예은이를 바라보고 웃으며 인사했다.

"근데 왜 얼굴을 그렇게 만져?"

"아……. 얼굴이 뜨거워서."

"오느라고 너무 더웠구나?"

"어? 아, 그게 아니라……."

승준이가 웃음기 가득한 눈으로 예은이의 눈을 빤히 바라보았다.

"그냥. 부끄러워서 그런 것 같아."

이렇게 말하고 땅바닥을 바라보며 애꿎은 흙을 발로 가볍게 찼다.

"나도 너 오는 거 보고 있는데, 되게…… 설렜어."

승준이의 말을 듣고 예은이는 속으로 소리를 질렀다.

'꺄악! 설렜대!'

"저기, 이거."

승준이가 음료수를 내밀었다. 시원했었는지 음료수의 윗면에는 물방울이 맺혀 있는데, 승준이 손의 열기 때문인지 음료수 캔 표면은 따뜻했다. 이 따뜻함이 승준이의 마음인 것 같아 예은이 마음도 덩달아 따뜻해졌다.

"내 카톡 보고 당황하진 않았어?"

승준이가 물었다.

"아……. 아니."

예은이는 망설이다 한마디를 덧붙였다.

"좋았어."

승준이가 씩 웃는 게 느껴졌다.

"나도, 네가 나랑 사귀어 준다고 해서 좋았어."

예은이와 승준이는 서로의 얼굴을 똑바로 보지도 못한 채 정면을 바라보고 이야기를 나눴다. 운동하는 사람들의 부지런한 움직임, 유모차를 끌고 산책하는 젊은 부부, 뛰어다니는 아이들이 공원에 생기를 불어넣고 있었지만, 그들은 단지 배경으로 느껴질 뿐, 예은이는 이넓은 공원에 오직 승준이와 단둘이 있는 것만 같은 착각에 빠졌다.

"너랑 사귀는 거, 애들한테 말해도 돼?"

승준이가 물었다.

"응. 당연하지."

"고마워."

"고맙긴. 나도 고마워."

승준이가 갑자기 예은이를 향해 얼굴을 돌리며 물었다.

"근데 우리, 오늘이 1일이야 2일이야?"

예은이는 저도 모르게 크게 웃었다.

"하하하핫!"

"하하하하!"

예은이가 웃자 승준이도 따라 웃었다.

"어제 네가 사귀자고 했으니까 오늘이 2일 아니야?"

"그래! 2일 하자!"

월요일 아침. 교실에 들어서니 아이들이 웃으면서 예은이를 반겼다.

"우~~~."

"오~~~."

"승준이 여친 왔네!"

"너네 어떻게 사귀게 된 거야?"

"그러니까. 진짜 둘이 사귈 거라고는 상상도 못 했는데!"

민망해진 예은이가 머리카락을 귀 뒤로 넘기며 재빨리 자리에 앉았다.

"어서 와."

다혜가 예은이를 반겼다.

"아이쿠. 민망하다."

"그렇겠네."

자리에 앉고 보니, 책상 위에 바나나 우유가 놓여 있었다.

"아까 승준이가 놓고 가던데?"

다혜가 손거울을 보며 말했다.

"그랬구나."

예은이는 뒤를 돌아 승준이를 쳐다봤다. 승준이와 눈이 마주치자 입 모양으로 말했다.

'고마워.'

승준이가 웃으며 고개를 끄덕였다. 이 모습을 본 아이들이 또 장난을 치기 시작했다.

"야야~ 적당히 해~!"

"오우~ 눈빛만으로도 통하나 봐~."

"우~~~."

"말을 안 해도 말이 통하네?"

"앙! 부럽다!"

민망해진 예은이는 수학 문제집을 펼쳐서 문제를 푸는 척했다. 그렇게라도 마음을 가라앉히지 않으면 몸이 붕붕 떠서 천장으로 날아오를 것만 같았다. 머리끝부터 발끝까지 온몸이 간지러운 것 같기도 하고 심장이 튀어나와 여기저기 돌아다니는 것만 같았다.

같은 반이지만 승준이와 함께할 시간은 별로 없었다. 쉬는 시간은 화장실 다녀오고 수업 준비하다 보면 순식간에 지나가 버렸고, 점심 시간에는 승준이가 축구를 하느라 교실에 없었다. 그래서 점심을 먹고 나면 다혜와 함께 운동장에서 축구 하는 승준이를 지켜보는 게 일상이 되었다. 더 자주 만나지 못해 아쉽긴 했지만, 학원 마치고 집에 와서 잠들 때까지 카톡을 하거나 통화를 하면서 하루의 일상을 나눌 수 있어서 행복했다.

어느 날, 보강까지 하느라 평소보다 늦게까지 학원에 있다가 집에 가고 있는데 뒤에서 누군가 따라오는 기척이 느껴졌다. 밤이라 괜히 무섭게 느껴져서 발걸음을 빠르게 하고 걸으며 승준이에게 카톡을 하려고 핸드폰을 보니 이미 카톡이 와 있었다.

💬 아직도 학원?

💬 많이 늦어지나 보네?

💬 배고프겠다!

예은이는 빠른 걸음을 걸으며 답했다.

🗨 연락 늦어서 미안. 나 이제 끝남.

🗨 집에 가는 중.

승준이에게 바로 답이 왔다.

💬 근데 왜 그렇게 빨리 걸어?

    순간, 예은이는 발걸음을 멈추고 주위를 둘러보았다. 오른쪽 왼쪽 어디에도 승준이는 보이지 않았다. 이상하다고 생각하며 뒤를 돌아본 순간, 작은 종이봉투를 흔들며 웃고 있는 승준이를 발견했다.

"어? 승준아!"

놀라움과 반가움이 앞다투어 예은이의 마음을 두드렸다.

"너 끝날 줄 알고 기다렸는데, 오늘따라 되게 늦게 끝났네?"

"헉! 그럼, 한 시간이나 기다린 거야?"

"응."

"세상에! 미안해. 학원에선 핸드폰 못 해서……."

"괜찮아. 저기 벤치에서 이거 먹고 가자."

"뭐야?"

"햄버거."

"고마워. 그렇지 않아도 배고팠는데."

    예은이는 승준이를 향해 웃었다. 햄버거를 맛있게 먹고 집으로 향하는 길. 어디선가 향긋한 냄새가 풍겨 왔다. 승준이 옷에서 나는 세제 향일까, 밤공기의 향이 원래 이런 것이었을까.

    어깨가 닿을 듯 말 듯 나란히 걷던 승준이의 오른손과 예은이의 왼손이 가볍게 스쳤다. 예은이의 심장은 또 정신없이 쿵쾅거리기 시작했다. 쿵쾅거리는 심장 소리를 승준이에게 들키기라도 한 듯이 예은이의 얼굴이 빨개졌다. 숨조차 크게 쉬지 못한 채 땅만 바라보며 걷는 예은이의 손을 따스하고 보드라운 손이 감쌌다. 승준이의 손이었다. 예은이의 모든 신경이 손으로 쏠렸다. 몸은 사라지고 오직 손만 살아 있는 것 같았다. 어느새 심장도 손으로 내려가 거기에서 뛰고 있었다. 예은이는 이 두근거리고 떨리는 세계가 한없이 지속되기를 바랐다.

예은이는 승준이와 사귀면서 이전에는 몰랐던 새로운 세상을 만나는 느낌이 들었다. 학교 가는 길에 만나는 사람들에게도 왠지 모르게 다정한 인사를 건네고 싶은 마음이 들었고, 유치원 버스를 기다리는 꼬마들이 얼마나 귀엽게 느껴지는지 달려가서 안아 주고 싶은 마음이 들기도 했다. 어디 그것뿐인가! 보도블록 사이에서도 꿋꿋하게 살아 있는 이름 모를 풀에게도 너는 참 잘하고 있다고, 네가 있어서 삭막한 길이 생기를 띤다고 말하고 싶어졌다. 세상이 원래 이토록 밝고 아름다운 곳이었던가. 마치 누군가가 온 세상에 금가루를 뿌려 놓은 듯 반짝이는 것처럼 느껴졌다.

항상 옆에 있어 주고 기다려 주고 함께 걸어 주는 남자 친구가 있다는 건 생각했던 것보다 훨씬 든든하고 으쓱하며 행복한 일이었다.

예감은 틀리지 않는다

드디어, 승준이와 사귄 지 50일이 되는 날이 가까웠다. 뭘 할까 고민하다가 주말에 조조 영화를 보고, 맛있는 점심을 먹기로 했다. 승준이와 약속을 잡고 보니, 요즘 승준이와 사귀느라 다혜에게 소홀했던 게 마음에 걸렸다. 다혜가 어떻게 지내는지 묻고 대화하기보다 그저 승준이랑 무슨 이야기를 했는지, 요즘 얼마나 좋은지 자신의 이야기만 늘어놓느라 정신이 없었다. 이제 와 생각해 보니 승준이와 사귄 후부터 다혜의 표정이 늘 우울해 보였는데, 무심해도 너무 무심했다 싶은 생각이 들었다. 예은이는 자신의 머리를 콩콩 쥐어박았다.

'아휴, 이 바보. 남친한테 빠져서 절친을 내팽개치다니. 너무했어, 손예은!'

'영화 보러 같이 가자고 말해 볼까?'

'승준이가 싫어하려나?'

'그래도. 친구를 잃을 순 없지.'

예은이는 고민 끝에 승준이에게 다혜와 같이 영화를 보러 가도 되는지 물었다. 승준이는 떨떠름한 표정이었다. 충분히 이해됐다. 누가 50일 기념 데이트를 여자 친구의 친구와 함께하고 싶겠는가? 그 마음을 알기에 예은이는 간절하게 부탁했다.

"나는 네가 소중한 만큼, 다혜도 소중해. 근데 내가 너한테 빠져 있는 사이에 다혜에게 너무 소홀했거든. 너무 미안해서 함께하고 싶어. 다 같이 친하면 좋잖아?"

"그래도. 나는 우리 둘만의 시간을 갖고 싶은데."

"다음에 또 시간을 만들면 되지. 이번만 내 부탁 좀 들어줘라. 응?"

"다혜도 같이 간다고 해?"

"아니. 너한테 먼저 물어보고 말하려고 아직 아무 말도 안 했지. 하지만 좋다고 할 거야. 응?"

"그래. 다혜가 괜찮다고 하면. 근데 싫다고 하면 억지로는 하지 마."

"응. 알았어."

예은이는 신이 나서 다혜에게 말했다.

"다혜야! 우리 이번 주말에 영화 볼 건데, 같이 보자. 영화도 보고 밥도 먹고. 응?"

영어 단어를 외우고 있던 다혜는 무심한 표정으로 물었다.

"내가 왜?"

"에이, 왜라니? 내가 그동안 너한테 너무 소홀한 것 같아서 미안한 마음도 들고, 너랑 같이 시간 보내고 싶어서 그래."

"아니야. 난 됐어. 너희 기념일인데 내가 낄 순 없지."

"그러니깐 더 좋지. 같이 축하하고 같이 즐겁게 보내면 좋잖아. 응? 응? 제발, 다혜야. 같이 가자."

"아니야. 승준이도 내가 끼면 싫어할 거야."

"아냐. 승준이도 좋다고 했어. 응? 너랑 같이 가면 나, 정말 기쁠 것 같아."

"승준이가 괜찮다고 했다고?"

"응. 그러니깐 넌 걱정하지 않아도 돼. 같이 가는 거다? 응? 제발!"

"어……. 그래, 그럼."

다혜는 어쩔 수 없다는 듯 마지못해 대답했다. 예은이는 다혜에게 미안해서 불편했던 마음이 조금은 가시는 듯해 한숨 돌렸다.

드디어 토요일 아침. 예은이는 뭘 입고 갈지 어젯밤부터 고민하느라 잠을 제대로 못 잤다. 언니가 컴퓨터를 쓴다고 하면 언제라도 양보하는 조건으로 노란색 니트를 빌려 입기로 했다. 노란 니트에 청바지를 받쳐 입고 거울을 보니 곧게 뻗은 다리가 더 길어 보였다. 오늘은 평소에 안 하던 아이섀도도 하고, 마스카라도 살짝 했다. 뭔가 어색한 것 같긴 했지만 그래도 평소보다 더 예뻐 보이고 싶었다. 준비를 마치고 거실로 나가니 엄마가 반색했다.

"어머나! 우리 딸, 진짜 예쁘네!"

"진짜?"

입에 발린 소리 잘 안 하는 엄마의 칭찬에 예은이는 으쓱해졌다.

"진짜, 누가 낳았는지 몰라도, 최고야 최고!"

"피~. 엄마 자랑하는 거야?"

"그럼! 이 정도면 자랑할 만하지! 데이트는 즐겁게 하되. 스킨십은 절대 안 돼! 명심해!"

"알았다니깐! 엄마는 참! 내가 어린애인 줄 알아?"

"어린애지, 그럼 어른이야? 암튼 시간 잘 지켜서 오고. 재밌게 놀다 와."

"응!"

영화관으로 향하는 예은이의 발걸음이 얼마나 가볍던지 새처럼 훌훌 날 듯했다. 승준이가 벌써 와서 기다리고 있다는 톡을 보냈다. 마음이 급해진 예은이는 달리듯 걷기 시작했다.

'에이, 이럴 줄 알았으면 좀 더 일찍 나서는 건데.'

'거울 보느라 시간을 너무 낭비했어.'

너무 빨리 걸어서일까. 등에서 땀줄기가 흐르는 것이 느껴졌다. 땀이 느껴지는 순간 예은이는 걸음의 속도를 늦추었다.

'혹시라도 승준이에게 땀 냄새를 풍기면 안 되지.'

'근데, 이미 냄새나는 거 아냐?'

예은이는 걷다가 멈추어 서서 팔을 들어 여기저기 냄새를 맡아 보기 시작했다. 지나가던 사람들이 힐끔거리며 쳐다봤다. 사람들의 시선에 멋쩍어진 예은이는 다시 걷기 시작했다. 따사로운 햇살, 적당히 부드럽고 가벼운 바람, 그리고 남자 친구와 영화와 친구. 이보다 더 행복할 수 있을까?

드디어, 매표소가 있는 5층에 도착했다. 엘리베이터에서 내리자마자 영화 상영표를 쳐다보고 있는 승준이의 뒷모습이 바로 눈에 띄었다. 좋아하는 사람은 어디에서든 금방 찾을 수 있다는 사실 또한 예은이가 승준이를 사귀면서 깨닫게 된 것 중 하나다. 만 명이 모여 있다해도 예은이는 승준이를 금방 찾을 자신이 있었다. 반가운 마음에 승준이에게 얼른 뛰어가려는 순간, 승준이 옆에 서 있는 여자아이의 뒷모습이 눈에 들어왔다. 하얀 블라우스에 허벅지 중간쯤 오는 짧은 청치마를 입은 뒷모습이 모델처럼 가늘고 예뻤다. 영화 상영표를 바라보던 승준이가 그 여자아이에게 고개를 돌리며 무어라 말하는 것 같았다. 여자아이가 뭐라고 말하는지 승준이가 환하게 웃었다. 예은이의 가슴이 덜컥, 내려앉았다.

승준이 옆에 있는 여자아이는 다혜였다. 예은이는 평소 내성적이고 부끄럼도 많은 다혜가 저렇게 짧은 치마를 입고 오리라고는 상상조차 하지 못했다. 게다가 저렇게 예쁠 줄이야. 별로 오고 싶어 하지 않는 눈치였는데, 다혜는 한껏 치장한 모습이었다. 예은이는 마음을 차분히 가라앉혀 보려고 했지만, 이상하게 심장이 요동쳤다. 그리고 주책맞게 자꾸 눈물이 나오려고 했다.

'왜 그래, 손예은. 괜찮아. 그냥 친구잖아. 근데 왜 그래?'

'너, 이렇게 자존감이 낮은 아이였어? 아니잖아. 너 충분히 예뻐.'

'아니야 아니야. 쟤네 둘, 왜 저렇게 친해 보여?'

'둘이 그렇게 친한 사이 아닌데.'

'친한 게 아니라, 너 기다리면서 잠깐 이야기하는 거잖아. 왜 그래? 너답지 않게.'

'그래. 아무 일도 아니야. 괜히 소설 쓰지 말자.'

예은이는 마음을 다잡고 입꼬리를 올렸다 내렸다 하면서 긴장된 얼굴을 풀고 승준이에게 다가갔다.

"나 왔어!"

예은이가 승준이의 팔을 살짝 잡으며 말했다. 승준이와 다혜가 동시에 뒤를 돌아봤다.

"다혜도 일찍 왔네?"

"어? 아냐. 나도 조금 전에 왔어."

"그랬구나. 근데 너 오늘……. 뭐야?"

"뭐가?"

다혜가 눈을 끔뻑거리며 되물었다.

"이렇게 짧은 치마도 있었어?"

"왜? 나, 좀. 이상해?"

다혜는 미간을 찌푸리며 걱정스러운 표정으로 다시 물었다.

"아니, 너무 예뻐. 예뻐서 신기해. 근데 무슨 용기가 나서 이렇게 입었을까 해서."

"그냥. 기분 전환하고 싶어서 입어 봤어."

"잘했어. 잘 어울려."

둘이 나누는 대화가 끝이 없을 것 같았는지 승준이가 끼어들었다.

"영화 시간 다 됐어. 얼른 들어가자! 예은아! 팝콘 먹을래?"

"응."

셋은, 달콤 팝콘 가장 큰 거 하나에 음료 2개를 사서 극장 안으로 들어갔다. 극장 안은 이미 어두워져 있었다. 조조 영화라 사람이 그리 많지 않을 줄 알았는데, 주말이라서 그런지 사람들이 빽빽하게 찼다. 계단에서 넘어질까 봐 조심조심 발을 디뎌 가며 자리를 찾아 앉았다. 통로 쪽에 승준이, 바로 옆엔 예은이, 그리고 맨 안쪽에 다혜 순이었다. 팝콘은 가운데 앉은 예은이가 들고, 음료는 승준이 혼자 하나를 들고 마시고, 예은이와 다혜는 함께 마셨다.

예은이는 사실 영화 볼 때 팝콘 먹는 걸 그리 좋아하지 않았다. 온전히 영화에 몰입하고 싶은데 뭔가를 먹다 보면 부스럭거리고, 씹는 소리 때문에 집중이 잘 안되었기 때문이다.

오늘은 승준이가 팝콘을 먹을 거냐고 묻기에 먹는다고 했는데, 연인들이 왜 영화를 보면서 팝콘을 먹는지 알게 되었다. 팝콘을 각자 하나씩 사지 않는 이유도 말이다. 팝콘을 같이 나눠 먹다 보니 팝콘 통안에서 자꾸만 손이 스치고 부딪쳤다. 손이 살짝 닿을 때마다 몸이 움찔거리면서 얼마나 짜릿한 기분이 드는지. 아! 팝콘 속에 담긴 설렘과 짜릿함이라니!

가끔은 셋의 손이 엉키기도 했다. 스크린만 쳐다보면서 무심코 팝콘을 집다가 셋의 손이 엉키면 키득거리면서 서로 양보하느라 눈치를 살피다가 또다시 동시에 손을 넣곤 했다.

그러다 한 번은 승준이와 다혜의 손이 팝콘 통에서 만났다. 예은이는 자신의 무릎 위에 놓인 팝콘 통에서 둘의 손이 만나 머뭇거리는 장면을 보았다.

그 순간, 예은이는 손에도 표정이 있다는 걸 알게 되었다. 다혜와 승준이의 손에는 분명, 어떤 표정이 있었다. 처음이 아닌 듯한 표정. 서로에게 끌리는 듯한 표정. 서로 잡고 싶어 머뭇거리는 표정. 어떻게 손에서 표정을 읽었는지 예은이 자신도 잘 몰랐지만, 그냥 느껴졌다. 그 후 영화를 어떻게 봤는지, 그리고 점심을 무슨 맛으로 먹었는지조차 기억이 나지 않았다.

그렇게 기대했던 50일 데이트는 혼란만 안겨 준 채 끝났다. 점심을 먹고 승준이가 집까지 바래다줘서 잘 왔는데, 돌아서는 승준이의 뒷모습을 보는 순간 예은이는 갑자기 쓸쓸해지고 말았다. 혼자였던 순간보다 더 외로워졌다. 왜 그랬을까. 둘인데 이렇게 허전하고 막막한 기분이 드는 이유는 뭘까? 알 길이 없었다.

“다녀왔습니다!”

“잘 놀고 왔어?”

“네.”

“근데, 잘 놀고 온 애가 왜 코가 빠져서 들어와?”

엄마가 예은이의 눈치를 살피며 말했다. 엄마의 말에 거실에서 TV를 보던 언니도 예은이를 보고 물었다.

“무슨 일 있었어?”

“아니.”

“에이! 아니네. 너, 언니 방으로 따라와.”

“아니라니까!”

“빨리 와!”

예은이는 팔이 바닥에 닿을 듯 축 늘어져서 언니를 따라 방으로 들어갔다.

“오늘 극장에서부터 방금까지 어떤 일이 있었는지 순서대로 쫙~! 이야기해 봐.”

“귀찮아. 피곤하다고.”

“그게 더 이상한 거야. 데이트하고 오면 신이 나서 한참 동안 떠들어야 정상인데, 피곤하다니. 말이 돼? 막 자랑하고 싶고 그런 게 정상인 거야.”

“그래?”

“그럼~. 뭐가 마음에 걸려서 그러는데?”

예은이는 망설이나 다혜의 옷차림부터, 팝콘 이야기까지 언니에게 털어놓았다.

"야. 손예은!"

"응?"

"너, 다혜랑 얼마나 친해?"

"많이 친하지. 우리 반에서 제일 친해. 언니도 알잖아."

"그러니깐, 내 말은 다혜가 너한테 자기 속마음까지 다 말하는 친구야, 아니면 너 혼자만 네 얘길 다 하는 사이야?"

예은이는 곰곰이 생각해 봤다. 다혜가 속마음을 이야기한 적이 있었던가? 묻지 않아도 자기 이야기를 먼저 한 적이 있었던가? 없었던 것 같다. 하지만 그거야 원래 내성적인 성격이라 그런 거 아닐까?

"다혜가 워낙 내성적이라, 원래 자기 이야기는 잘 안 해. 잘 들어주는 편이지."

예은이의 말에 언니는 정색하며 말했다.

"아무리 내성적이라도 친한 친구한테는 다 말하는 거야. 친한 친구한테도 말 안 하면 그게 친구야? 내가 봤을 땐, 다혜 걔가 승준이 좋아해. 너, 조심해라."

"에이. 언닌 무슨 말을 그렇게 하냐?"

"애 좀 봐라. 이래 봬도 너보다 밥을 몇백 공기는 더 먹은 언니가 하는 말이야. 그만큼 경험도 더 많다는 거야. 잘 지켜봐."

"그럼, 난 어떡하라고!"

예은이는 언니의 말을 듣자 눈앞이 깜깜해졌다. 제일 친한 친구가 자신의 남친을 좋아한다는 사실을 어떻게 받아들여야 하나.

'설마. 아닐 거야. 오해한 거야.'

다혜가 예쁘게 하고 오니, 괜히 긴장해서 예민하게 받아들였던 게 아닐까 하는 생각도 들었다. 맞다. 생각지도 못하게 다혜가 꾸미고 와서 속으로 질투가 났던 게 사실이니깐. 삐딱하게 보니깐 삐딱하게 보였던 거다.

'내 마음이 질투 때문에 불안해져서 사소한 게 다 이상하게 느껴졌던 게 분명해.'

예은이는 페북에 오늘 찍은 사진 중에 제일 맘에 드는 사진을 올렸다.

50일 기념 영화 보기 & 맛난 점심
남친 & 절친과 함께해서 행복이 두 배♥

사진을 올리자마자 친구들이 와서 '좋아요'를 눌렀고, 댓글이 달리기 시작했다.

ㄴ 역시 예쁨, 손예은!

ㄴ 환상의 커플.

ㄴ 끝까지 가라, 파이팅!

ㄴ 대박 부러움.

ㄴ 내 남친은 어디에 있을까? 나도 남친 소개해 줘!

ㄴ 가지 쳐라~!

ㄴ 나도 솔로 탈출하고 싶당!

친구들의 댓글을 읽다 보니, 심란했던 마음이 조금씩 진정이 되면서 기분도 좋아졌다.

'그래. 괜히 오해나 하고, 진짜 바보다, 손예은.'

예은이는 따뜻하게 샤워를 하고 일찍 잠자리에 들었다. 잠들기 전 핸드폰을 확인하니 다혜가 보낸 카톡이 있었다.

💬 오늘 즐거웠고, 고마웠어.

'이렇게 고마움을 표현하는 따뜻한 아이한테 내가 무슨 생각을 한 거지? 에효, 부끄러워라. 한심하다, 손예은!'

💬 고맙긴. 내가 더 고마웠어. 잘자♥

월요일 아침. 상쾌한 기분으로 머리를 감고, 학교에 갈 채비를 했다. 승준이가 우리 반에서 가장 먼저 등교한다고 했는데, 한 번도 승준이랑 같이 학교에 갔던 적이 없었다. 오늘은 더 일찍 가서 승준이를 깜짝 놀라게 해 줘야겠다고 생각했다.

교실이 가까워지면서 깜짝 놀랄 승준이의 모습이 떠올라 가슴이 더 세차게 쿵쾅거렸다. 나쁜 짓을 하려는 게 아닌데 꼭 나쁜 짓을 하려는 사람처럼 조마조마하고 초조해지기까지 했다.

'문소리가 안 나게 조용히 열어서, 뒤에 가서 눈을 손으로 가려 볼까?'

'아니야, 아니야. 그건 너무 고전적인 방법이야. 유치해.'

'왁! 하고 소리 질러서 놀라게 해 줄까? 아, 이것도 마찬가지인데.'

'놀라게 했다고 화내진 않겠지?'

뒷문으로 가서 조용히 문을 열기 위해 손잡이를 잡는 순간, 남자애와 여자애가 창가에 서서 운동장을 바라보고 있는 게 눈에 띄었다.

'뭐야, 쟤네는? 승준이보다 더 빨리 오는 애들도 있었나 보네?'

오늘의 서프라이즈는 이렇게 끝나는 건가 아쉬운 마음으로 창가의 아이들을 살피던 예은이의 온몸이 그대로 굳었다. 마치 동상이 되어 버린 듯했다. 잠시 후 온몸을 부들부들 떨기 시작했다. 눈에서는 닭똥 같은 눈물이 뚝뚝 떨어져 내렸다.

'아. 아. 어. 어……. 아!'

뭐라고 말해야 하나. 무슨 말을 해야 할까. 지금 저기 저렇게 있는 저 두 사람에게 다가가야 할까. 지금 당장 소리라도 질러야 할까. 어떻게 해야 할까. 아무 생각도 나지 않았다. 머릿속에 석고를 넣어 굳혀 버린 것 같았다.

'안 돼! 너희가, 나한테, 이러면. 안 되는 거잖아.'

턱이 덜덜 떨려 말도 나오지 않았다. 너무 간절하게 말하고 싶은데, 입 밖으로 말이 떨어지지 않았다. 다혜의 허리를 감싸 안고 있는 승준이의 손. 그 손이 승준이의 것이라고 도무지 믿기지 않았다. 세상이 흔들리고 빙빙 돌았다.

"왜 안 들어가고 있어?"

뒤에서 누군가 물었다. 계속 쏟아지는 눈물 때문에 뒤를 돌아볼 수 없었지만 채연이의 목소리라는 걸 알 수 있었다. 채연이의 목소리가 교실 안까지 들렸는지 다혜가 얼른 자기 자리로 돌아가는 모습이 보였다. 승준이가 예은이를 발견하고선 나오려고 했다. 예은이는 얼른 몸을 돌려 복도를 지나 밖으로 뛰어나왔다. 채연이도 가방을 멘 채 예은이를 따라 나왔다.

예은이는 본관 뒤편으로 돌아가 인적이 별로 없는 곳에 있는 벤치에 앉았다. 자리에 앉자마자 눈물이 폭포처럼 쏟아지기 시작했다.

"어떻게 이럴 수가 있어? 말도 안 돼."

눈물이 속수무책으로 쏟아졌다.

채연이가 가방을 뒤적이더니 화장지를 꺼내 예은이에게 내밀었다.

"고마워."

"예은아."

"응?"

채연이가 예은이를 보며 머뭇거렸다.

"미안해."

갑자기 미안하다는 말에 예은이는 놀란 눈으로 채연이를 바라봤다.

"네가 뭐가 미안해?"

"나는, 전부터 알고 있었어. 승준이와 다혜."

"그게 무슨 말이야?"

"쟤네 둘이 이상한 거. 알고 있었는데, 너한테 말하지 못했어."

예은이는 뭔가로 얻어맞은 듯 찡하고 머리가 울렸다.

"쟤네 둘이, 오래되었다는 말이야?"

예은이의 물음에 채연이는 아랫입술을 이로 물어뜯으며 말했다.

"응. 너랑 승준이랑 사귄다는 거 알고 얼마 안 돼서, 쟤네 둘이 아침마다 일찍 와 있더라고."

"뭐라고?"

예은이는 믿을 수 없었다. 다혜와 승준이가 왜 그랬을까. 도대체 왜?

"처음에는 그냥 친한가 보다 했어. 애들한테 물어보니 다혜랑 승준이랑 같은 초등학교 나왔다고 하더라고."

"그건 알고 있었어."

"응. 근데 어느 날부터 조금 이상하더라고. 가까이 붙어 있는 정도가 좀 심하고, 승준이 무릎에 다혜가 앉아 있기도 하고."

예은이는 채연이의 말이 믿기지 않았다.

"말도 안 돼! 다혜가 승준이 무릎에? 다혜가?"

"응. 나도 완전 깜놀 했잖아. 근데, 본 사람이 나밖에 없고 괜한 이야기로 소문이 커지면 일이 심각해질 것 같아서 아무 말도 안 하고 있었어."

"박다혜. 미친 거 아니야? 어떻게 친구 남친한테 이럴 수가 있어?"

"그러니까. 나도 이해가 안 되더라고. 사실 너랑 승준이 50일에 다혜가 같이 영화 보러 간 거 알고 소름 끼쳤어."

"그건 내가 같이 가자고 한 거였어."

"그래도, 가면 안 되지. 둘이 몰래 그렇게 만나는 사이였으면서, 어떻게 양심도 없이. 정말 화가 나더라고. 근데 네가 승준이를 너무 좋아하는 것 같아서 말하기가 어려웠어."

예은이는 이 순간이 꿈이라면 얼마나 좋을까 생각했다. 눈을 뜨면 깨어나는 악몽을 꾸는 중이라면 눈만 뜨면 될 텐데.

"채연아. 난 이제 어떻게 하면 좋아?"

"헤어져 버려. 나쁜 놈이잖아, 승준이."

헤어지라는 말에 가슴이 아려 왔다. 헤어짐이라는 단어가 이토록 아픈 것이었나. 하지만 승준이와 헤어지는 건 상상할 수 없었다. 밤에 잠이 들 때도, 아침에 눈을 뜰 때도 누구 때문에 그토록 행복했는데, 누구 때문에 더 자주 미소 짓게 되고 기쁨으로 가득 찬 하루를 보냈는데, 헤어지다니. 말도 안 된다.

"근데 난. 승준이가 너무 좋아, 채연아."

이 말을 하는 순간 또다시 눈물이 볼을 타고 흘렀다. 그런 예은이를 보며 채연이의 눈도 빨개졌다.

"에휴. 사람을 좋아하는 게 뭔지. 그럼, 다혜랑 결판을 내야지. 안 그래?"

"결판?"

"응. 왜 남의 남친한테 찝쩍거리냐고 따지고, 그러지 말라고 하고, 절교해야지."

"……."

"왜?"

"두려워."

"뭐가 두려워? 잘못은 다혜가 했는데!"

"다혜가, 나한테 미안한 마음조차 갖고 있지 않을까 봐. 그래서 내가 다혜한테 실망하게 될까 봐 그게 두려워."

채연이가 한숨을 푹 내쉬며 말했다.

"손예은! 너는 참 마음도 넓다. 지금 그런 게 걱정이야? 나 같으면 지금 당장이라도 쫓아가서 뺨이라도 한 대 치고 싶을 것 같은데."

"모르겠어. 어떻게 말을 꺼내야 할지, 또 무슨 말을 해야 할지. 머릿속이 뒤죽박죽 엉망진창이야."

"그렇겠지. 암튼, 너 혼자 말하기 뭣하면 내가 같이 있어 줄게."

"고마워."

예은이는 교실에 들어가기가 죽기보다 싫었지만, 채연이의 손에

이끌려 들어갔다. 문을 열고 들어서니 아이들이 모두 뒤를 돌아봤다. 승준이의 시선이 느껴졌지만 애써 모르는 척하며 자리에 앉았다. 다혜는 고상한 척 앉아서 영어 단어를 외우고 있었다. 정말 뻔뻔하기 이를 데 없다는 생각이 들었다. 어떻게 저렇게 아무렇지 않게 앉아 있을수 있을까. 어쩌면 저렇게도 당당한 모습으로. 그런 다혜 옆에서 아무말도 하지 못하고 눈치를 보며 앉아 있는 자신이 한심하게만 느껴졌다.

아침마다 일찍 와서 친구의 남친과 데이트하고, 친구와는 아무렇지 않게 인사하고 이야기하고 같이 밥 먹는 아이가 과연 정상일까. 예은이는 다혜의 옆모습을 지켜보다 자신도 모르게 주먹을 움켜쥐었다. 예은이가 지켜보고 있다는 걸 알면서도 다혜는 눈 하나 깜짝하지 않고 꼿꼿하게 앉아 있다. 미안한 기색이라도 보인다면 덜 속상할 텐데 어쩜 저렇게 아무렇지 않은 척할 수 있는지 이해할 수가 없었다. 다혜는 마음이라는 게 있는 아이일까?

승준이가 원망스러웠다. 왜 자신을 두고 다혜를 만난 건지, 어떻게 그럴 수가 있는지 도무지 이해하기 힘들었다. 예은이는 또다시 쏟아지려는 눈물을 꾹 눌렀다. 점심시간까지 어떻게 버텼나 모르겠다. 예은이는 4교시 마치기 전, 다혜에게 쪽지를 건넸다.

◈ 점심 먹고 후관 벤치에서 잠깐 만나.

예은이는 점심을 거르고 후관 벤치에 먼저 나가서 앉아 있었다. 어디에서부터 무슨 말을 어떻게 해야 할지 정리가 되지 않았다. 머릿속이 실타래처럼 마구 엉켜서 생각이 잘 정리되지 않았다. 머리를 두 손으로 감싸고 쥐어뜯고 있는데 다혜가 얼음으로 된 갑옷이라도 입은 듯 쌩한 표정으로 다가와서는 예은이 옆에 거리를 두고 앉았다.

"왜?"

자리에 앉자마자 다혜가 꺼낸 첫마디에 예은이는 가슴이 탁 막히는 것 같았다.

"왜? 너 지금 그걸 말이라고 하니? 나한테 할 말 없어?"

"무슨 말을 해야 하는데?"

"오늘 아침 일. 내가 아침에 본 거. 너랑 승준이."

"그걸 내가 꼭 말해야 해?"

"야, 너 무슨 말을 그렇게 해? 남의 남친하고 스킨십 한 게 잘한 일이야? 난, 네가 제일 친한 친구라고 생각했는데 어떻게 나한테 이럴 수가 있어?"

예은이의 말에 다혜는 한쪽 입꼬리만 올리며 비웃듯 말했다.

"제일 친한 친구라고 생각했다고? 하하하! 너 웃긴다."

"뭐라고? 웃긴다고?"

예은이는 몇 달 동안 알고 지낸 다혜가 지금 이 아이가 맞나 의심스러워서 어안이 벙벙해졌다. 차분하고 조용한 아이, 남의 말에 귀 기울여 들어주는 아이, 야무지게 자신이 할 일을 잘 해내는 아이. 이렇게 알고 있던 다혜가 지금 예은이를 비웃고 있다.

"제일 친한 친구로 생각하면서 내가 승준이를 좋아하고 있다는 걸 몰랐다는 게 말이 되니?"

"네가 언제 나한테 말한 적 있었어?"

"그걸 말로 해야 해? 네가 승준이를 좋아하기 전부터, 나랑 승준이는 이미 사귄 적 있었어."

"그걸 왜 나한테 말해 주지 않았어?"

"네가 틈을 줬니? 나한테 관심이 있긴 했어?"

다혜가 예은이를 쏘아봤다. 예은이는 말문이 막혔다. 하지만 이내 마음을 가다듬고 말을 이어 갔다.

"틈을 꼭 줘야만 이야기하는 거야? 카톡으로 할 수도 있는 거고, 언제든 네가 얘기하려고 마음만 먹었다면 할 수 있었겠지. 혹시 일부러 안 한 거 아니야? 그리고 예전에 사귀었든 말았든 지금은 나랑 사귀는데 왜 네가 끼어드는데? 뭐가 그렇게 당당해?"

예은이의 격앙된 목소리가 바람을 타고 교정에 울려 퍼졌다. 예은이는 자신이 내뱉은 말에 자기도 모르게 울컥했다. 다혜의 눈빛이 머리카락과 함께 흔들렸다. 어디에선가 아이들의 웃음소리와 이야기 소리가 들려왔다. 소리가 점점 가까워지는 걸로 봐서 벌써 점심을 먹은 아이들이 교정을 산책하는 중인 것 같았다.

"우리 둘 사이에 네가 끼어든 거야. 끼어든 사람은 너야."

"예전에 사귀었다면서. 근데 왜 내가 끼어든 거야? 말이 된다고 생각해?"

다혜가 입술에 힘을 주자 양쪽 입꼬리 옆에 주름이 생겼다. 평소에는 매력적으로 보였던 그 보조개가 오늘따라 유독 고집스럽게 보여 눈에 거슬렸다.

"우리 엄마 때문에, 잠깐 헤어져 있는 거였어. 승준이도 날 좋아해."

예은이는 승준이가 다혜를 좋아한다는 말에 가슴이 칼로 벤 듯 아려 왔다.

"그건 승준이한테 물어보면 돼. 지금 네가 나한테 할 말은 미안하다는 말이야. 최소한 네가 인간이라면 말이야."

"난, 미안하지 않아."

'찰싹!'

예은이는 저도 모르게 올라간 자신의 오른손을 본 후, 다혜의 얼굴을 쳐다보았다. 미안하지 않다는 다혜의 말에 생각을 거치지 않은 손이 먼저 올라가고 말았다. 다혜의 왼쪽 뺨이 빨개져 있었다. 다혜도 놀랐는지 왼손을 뺨에 대고 만졌다.

"왜 때리는데?"

다혜가 큰 소리로 외치자 산책하던 아이들이 우르르 뛰어왔다.

"야! 너희들, 싸우는 거야?"

"무슨 일이야?"

"뭐야? 진짜 싸웠나 봐!"

"심각한데?"

순식간에 아이들이 다혜와 예은이를 둘러쌌다. 그 때 아이들의 틈을 비집고 채연이가 나타나더니 예은이 손을 잡아끌고 다시 아이들 사이를 헤집고 빠져나왔다.

"구경났어? 얼른 가던 길들이나 가~."

재미있는 구경을 놓쳤다는 듯 아이들은 아쉬운 표정을 지으며 뿔뿔이 흩어졌다. 다혜는 그 자리에 그대로 한참 동안 서 있었다.

채연이의 손을 잡고 걷다 보니 예은이는 애써 참았던 눈물이 다시 터져 나왔다.

"다혜 만날 거면, 나랑 같이 가자고 하지. 왜 혼자 왔어?"

"그러게. 난, 다혜가 저렇게 센 아이인 줄 몰랐어. 그동안 알고 지내던 아이가 아닌 것 같아."

손등으로 눈물을 훔치며 예은이가 말했다.

"뭐라고 했는데?"

"자기들 사이에 내가 끼어든 거라고. 승준이가 자길 좋아한다고."

"이런, 미친!"

채연이가 소리를 질렀다. 지나가던 아이들이 힐끔거리며 쳐다봤다.

"와! 이것들을 그냥 뒤도 돼? 어떻게 이래?"

"그러니까. 근데……."

"응. 말해."

"승준이가 다혜를 더 좋아한다는 말이 너무 아파. 진짜일까?"

채연이는 예은이를 보며 한숨을 쉬었다.

"휴~. 그러게. 도대체 승준이 저 자식은 왜 양다리를 걸치고 그랬을까? 진짜 나쁜 놈이야."

승준이 때문에 가슴이 터질 듯 아프면서도, 채연이가 승준이 욕을 하니 기분이 썩 좋지 않았다. 그리고 그런 기분을 느끼고 있는 자신이 한심하게 느껴져 더 슬펐다.

"다혜 쟤가 꼬리 친 게 분명해. 승준이가 그럴 리가 없어. 뭔가, 오해가 있었을 거야."

"예은아, 네가 진짜 마음 아프고 힘든 건 알겠는데, 다혜가 아무리 꼬리를 쳤더라도 여친이 있는 승준이가 그러면 안 됐지. 안 그래? 난, 여자 입장에서 승준이가 용서 안 돼."

"승준이가 너무 착해서. 다혜가 계속 그러니깐 어쩔 수 없이 받아 준 거 아닐까?"

예은이는 채연이의 말이 옳다는 걸 알면서도 지금의 상황을 도저히 받아들이기 힘들었다. 오늘 보고 들은 사실을 그대로 받아들이기엔, 아직 승준이에 대한 마음이 너무 컸다.

"예은아! 이따 종례하고 나랑 같이 승준이 만나자. 만나서 직접 물어봐. 그게 네 마음이 더 편할 거야."

"근데, 나 무서워."

"뭐가?"

"다혜의 말이 사실일까 봐."

"……"

"진짜 다혜의 말이 사실이면, 그럼, 난. 난 어떡해?"

"에휴. 어떡하긴! 나쁜 애들은 기억에서 싹 지워 버리는 것이 진짜 복수야. 잊어버리는 거지 뭐."

예은이는 헤어진다, 잊는다, 이런 단어를 떠올려 본 적이 없었다. 시작이 있으면 끝이 있다는 걸 알지만 승준이를 좋아하게 되면서부터 이런 생각을 해 본 적이 없었다. 승준이와의 사랑이 계속될 줄 알았다. 구름 위를 걷는 듯 가볍고 행복한 기분, 온몸이 간지러워지는 것 같은 짜릿한 느낌, 따사롭고 포근한 느낌. 이렇게 벅찬 느낌을 어떻게 잊을 수 있을까. 어떻게 헤어짐을 생각할 수 있을까. 헤어지고도 살아갈 수 있을까. 헤어지고 나서 아예 안 본다면 몰라도 계속 보면서 어떻게 살 수 있을까? 함께하지 못한다면 못 살 것 같다. 이제는, 사랑을 몰랐던 이전의 삶으로 돌아갈 자신이 없다. 승준이가 없는 삶을 상상하기 힘들다. 예은이는 승준이가 그저 다혜를 친구로만 생각했기를 간절히 바랐다.

모두가 다 집으로 돌아간 텅 빈 교실에 예은이와 승준이, 그리고 채연이만 남았다. 어디서부터 어떻게 시작해야 할지 몰라 물병만 만지작거리고 있는 예은이를 향해 채연이가 말했다.

"예은아~! 얼른 이야기하고 가자!"

"어? 어."

대답을 하고도 물병만 뚫어지게 바라보는 예은이의 눈가에 눈물이 맺혔다.

"저기, 채연아! 잠깐만 자리 좀 비켜 줄래?"

승준이의 말에 채연이는 예은이를 쳐다봤다. 예은이가 고개를 끄덕였다.

"너, 예은이 아프게 하지 마라."

채연이는 승준이를 노려보며 낮은 목소리로 말했다. 채연이가 나가자 승준이가 예은이 맞은편으로 와서 앉았다. 침묵이 교실을 가득채웠다. 교실 벽에 걸려 있는 시계의 초침 소리가 유독 크게 들려왔다. 시간이 얼마나 지났을까. 침묵을 깨고 예은이가 말했다.

"나한테 할 말 없어?"

승준이가 입술을 깨물며 대답했다.

"미안해."

"미안해? 뭐가 미안한데?"

예은이가 떨리는 목소리로 말했다.

"너한테 그러면 안 되는 거였는데."

"뭘? 뭘 그러면 안 되는 거였어?"

승준이가 다혜와 함께한 걸 후회한다고 말하길 기대하며 승준이의 눈을 바라봤다.

"너랑 사귀면 안 되는 거였는데, 너랑 사귀고 상처 줘서 미안해."

"지금. 나랑 사귄 걸 후회한다는 거야? 정말 할 말이 그것밖에 없어?"

예은이의 목소리가 눈물과 범벅이 되어 교실에 울려 퍼졌다.

"오해하지 마. 예은아. 그런 거 아니야. 나도 네가 좋아서 사귀자고 한 건데, 아직 다혜에 대한 마음이 정리되지 않은 상태였나 봐. 미안해."

"그래서. 지금. 너는 다혜가 더 좋다는 거야? 그런 거야?"

예은이가 울면서 소리치자 승준이는 대답도 하지 못한 채 시선을 어디에 둬야 할지 몰라 쩔쩔맸다. 뒷문이 열리면서 채연이가 들어왔다.

"야! 오승준! 너 진짜 나쁜 놈이야! 알아? 너, 박다혜하고도 끝내! 예은아, 가자!"

채연이는 예은이의 가방을 챙겨 왼손으로 들고 오른손으로 예은이를 일으켜 세웠다. 일어서려던 예은이가 바닥에 주저앉았다.

"일어나 봐, 예은아."

승준이가 다가와 예은이의 팔을 잡으려고 하자 예은이가 벌떡 일어났다.

"괜찮아. 만지지 마."

예은이를 잡으려던 승준이의 손이 공중에서 멈칫했다. 승준이는 불이 꺼진 교실에 홀로 남았다.

준비 없는 이별

집에 오자마자 방문을 걸어 잠그고 침대에 엎드려 울었다. 소리가 새어 나가지 않도록 베개에 얼굴을 파묻었으나 흐느끼던 울음소리가 점차 커지더니 꺼이꺼이 통곡 소리가 되어 방문 밖으로 흘러 나갔다. 예은이의 울음소리를 들은 엄마가 밖에서 문을 두드렸다.

"예은아! 예은아, 문 좀 열어 봐. 응?"

"무슨 일인데 그래? 엄마한테 이야기하면 풀릴 거야."

"예은아?"

엄마가 부를수록 예은이의 울음소리는 높아져 갔다. 마치 울기 위해 태어난 것처럼 배 속 깊은 곳에서부터 터져 나오는 예은이의 울음소리에 밖에 서 있는 엄마의 눈시울도 붉어졌다. 현관문이 열리면서 예정이가 들어왔다.

"뭐야? 이 장례식장 같은 분위기는?"

"네가 좀 들어가 봐."

"엄마랑 싸운 거야?"

"아니야. 오자마자 저러고 있네."

예정이는 붉어진 엄마의 눈을 의심스러운 눈길로 쳐다봤다.

"엄마가 잔소리한 건 아니고?"

"아니라니까."

엄마는 예정이에게 자리를 비켜 주며 주방으로 갔다. 예정이는 가방을 소파에 내려놓고 예은이의 방문을 두드렸다.

"예은아! 언니야. 문 좀 열어 봐. 빨리."

"……."

"손예은! 나 문 따고 들어간다! 엄마! 젓가락 좀 줘요!"

예정이는 엄마에게 젓가락을 받아 들고 방문을 열었다. 침대에 엎드려 이불을 머리끝까지 뒤집어쓰고 있어서 그런지 예은이는 마치 누워 있는 거대한 한 마리 짐승 같았다. 예정이는 이불을 젖혔다. 머리카락에 파묻힌 예은이의 옆모습이 눈에 들어왔다. 감고 있었지만 이미 퉁퉁 부어 있는 눈을 보니 예정이도 덩달아 코끝이 찡 울리며 눈물이 날 것만 같았다.

"일어나 봐. 언니한테 다 말해 봐. 응?"

예정이는 예은이의 머리카락을 쓸어 넘겨 얼굴이 보이도록 하고, 머리를 받쳐서 일으켜 세웠다. 예은이는 일어나 앉았지만 퉁퉁 부은 눈이 쉬 떠지지 않는지 눈을 감은 채로 여전히 흐느꼈다.

"왜 그러는데? 승준이랑 싸웠어?"

"……."

"무슨 일이야, 응? 말을 해야 알지. 너도 말하다 보면 풀릴 거야. 말해 봐."

"있잖아……."

"응."

"승준이가, 흐…… 흑. 다혜가 좋대."

예정이는 예은이의 얼굴을 빤히 쳐다보며 눈을 끔뻑거렸다.

"그게 무슨 소리야? 너랑 사귀는데, 다혜가 좋다니? 그래서, 다혜랑 사귀어야 하니깐 너랑 헤어지자고 해?"

"둘이 만나고 있었나 봐. 계속."

"이런 미친! 아우! 야! 승준이 그 자식 번호 불러 봐."

"됐어."

"되긴 뭐가 돼? 번호 불러 봐. 내가 가만 안 둘 거야."

"그게 무슨 소용이야. 내가 싫다는데."

"그럼 먼저 정리를 했어야지! 둘이 만나고 있었다면서? 그게 무슨 짓인데? 안 되겠다. 다혜 번호도 줘. 완전 어이없네. 아우! 이것들을 그냥!"

예은이가 꿈쩍도 하지 않자 예정이는 예은이의 핸드폰을 들고 패턴을 풀어 보려고 애썼으나 몇 번 만에 잠기고 말았다.

"패턴 좀 알려 줘 봐. 번호를 알려 주든지."

"됐어. 언니. 됐어. 말할 가치도 없어."

"아니야. 그렇게 못된 짓을 했는데 혼이 나야지. 어떻게 이렇게 상처를 줘? 그러고도 둘은 계속 만나겠대?"

"모르겠어."

"아! 속 터져!!! 야! 손예은! 걔네들을 가만히 두고 온 거야, 지금?"

"다혜한테 사과하라고 했더니, 내가 끼어든 거라서 사과할 일이 없대. 이런 애한테 무슨 말을 더해? 어이가 없어서 말도 나오지 않더라고. 가슴이 꽉 막혀서 말문이 막혀 버렸어."

예정이는 예은이의 등을 토닥였다. 첫사랑은 왜 이렇게 아픈 걸까. 아프지 않고 예쁘게 잘 사귀길 바랐는데 이렇게 상처받고 있는 동생을 보니 마치 자신이 상처받은 것처럼 아프고 속상했다.

"근데 언니."

"응?"

"다혜랑 승준이를 떠올리면 미칠 듯이 밉고 화가 나는데, 근데 승준이가 아직도 좋아. 어떡하지? 나는 아직 끝낼 준비가 안 되었는데 나는 어떡하면 좋아?"

예정이는 자기 동생을 이토록 아프게 하는 두 아이를 가만히 두지 못할 것 같다는 생각이 들었다. 생각할수록 괘씸했다. 특히 승준이 이 녀석은 바람둥이라고 온 세상에 소문을 내도 정신을 못 차릴 아이라는 느낌이 들었다.

낯간지러운 메시지를 아무렇지도 않게 보낸다든지, 왠지 가벼워 보였던 웃음과 말투도 지금 생각해 보니 계속 마음에 걸렸던 것 같다. 어쩌면 이런 일을 미리 예감했던 건 아니었을까? 처음부터 그냥 말릴 것을 그랬나 보다.

"예은아. 원래 이별이라는 게 준비 없이 찾아오는 거야. 한쪽이 싫다고 하면 그냥 깨지고 말지. 이미 깨져 버린 마음을 다시 붙일 순 없어. 붙여도 어차피 그 흔적 때문에 다시 아프게 마련이야. 시간의 차이만 있을 뿐. 그러니까 아파도 잊어. 빨리 정리하고 빨리 잊는 게 너한테는 더 좋은 일이야. 진짜 나쁜 놈이잖아. 미련 갖지 말고 쿨하게 잊어버려."

"자고 나면 다 잊을 수 있다면 좋겠어. 내가 승준이를 좋아했었다는 사실도, 다혜와 친했다는 사실도 모두 잊고, 서로 몰랐던 상태로 돌아가 있다면 좋겠어."

"그래. 그러면 좋겠다. 진짜."

예정이가 자신의 방으로 돌아가고 난 후, 예은이는 음악을 틀어 놓고 천장을 바라보고 가만히 누웠다. 승준이와 함께 걸었던 밤길의 풍경이 천장에 펼쳐졌다. 멈추었던 눈물이 다시 흘러내렸다. 아슬하게 스쳤던 손의 감촉이 아직도 이렇게 생생한데 다혜랑 만나고 있었다니. 그럼 그때 그 분위기와 느낌은 모두 혼자만의 착각이었단 말인가.

승준이의 마음속에는 정말 다혜밖에 없었던 걸까. 그렇다면 왜 사귀자고 했던 걸까. 다혜와 다시 만나기 전에 왜 헤어지자고 말하지 않앉을까. 슬픔의 해일이 몰려왔다. 계속 흘러내리는 눈물로 눈과 볼이 따가웠다. 차라리 아팠으면 좋겠다고 생각했다. 아파서 일어나지 못했으면, 그래서 학교에도 가지 못했으면, 이왕이면 심하게 아파서 입원이라도 했으면. 그래서 승준이도 아프기를. 조금이라도 걱정되고 미안하고 아픈 마음을 갖게 되기를. 그렇게 바라며 울다 지쳐, 잠에서 깨어나지 않길 바라며 잠들었다.

엄마가 깨우는 소리에 눈을 떴다. 눈이 많이 부었는지 눈꺼풀이 무거운 게 예감이 좋지 않았다. 거울을 보는 순간 예은이는 자신의 얼굴을 보고 한숨을 내쉬었다.

'이건 완전, 권투 하다 몇 대 얻어맞은 것 같은 얼굴이네.'

이런 꼴로 학교에 어떻게 갈지 막막했다. 무엇보다 승준이와 다혜를 아무렇지 않게 볼 수 있을까. 학교에 갈 준비는 다 되었지만, 예은이는 다시 침대에 누웠다. 도무지 용기가 나지 않았다.

"예은아! 밥 먹어! 학교 가야지!"

엄마가 주방에서 불렀으나 대답하기 싫었다.

"손예은! 얼른 나와!"

"……."

엄마가 방문을 열었다.

"왜 다시 누워 있어? 응?"

"엄마!"

"응."

"나, 오늘만 학교 안 가면 안 돼?"

"안 돼."

"이런 꼴로 학교에 못 가겠어."

"꼴이 어때서?"

"눈이 부어서 안 보이잖아."

"괜찮아. 안 가는 게 더 이상할 거야. 그냥, 아무 일 없었던 것처럼 가."

"아무 일이 없지 않았는데 어떻게 아무 일 없던 것처럼 가? 엄마는 어쩜 그렇게 말을 쉽게 해?"

"미안. 엄마가 미안해, 예은아. 근데 엄마는 예은이가 씩씩하게 잘 이겨 냈으면 좋겠어."

"엄마! 난. 난 씩씩하지 않아. 씩씩하고 싶지도 않아. 그냥 이대로 쓰러지고 싶어. 쓰러져서 못 일어났으면 좋겠어."

예은이 눈에서 또 눈물이 흘러내리기 시작했다.

"그래. 씩씩해지기 싫으면 씩씩해지지 않아도 돼. 애써서 괜찮은 척, 안 아픈 척하지 마. 아프면 아픈 대로, 슬프면 슬픈 대로 표현하고 싶은 대로 해. 그렇게 하다 보면 네 마음이 조금씩 정리될 거야. 그러면서 또 마음을 다스리는 법도 알게 되겠지."

"나, 다혜를 용서하지 못할 것 같아. 엄마. 생각만 해도 소름이 돋고 경멸스러워. 이런 아이랑 어떻게 나란히 앉아 있겠어?"

"예은아! 용서하지 마. 벌써 용서가 되겠니? 용서 안 되면 용서하지 말고, 우선은 네 마음을 편하게 놔줘. 응? 시간이 흐르면 조금씩 마음이 변하게 될 거야. 용서는 그 때 가서 생각해도 되니까. 그리고 자리는, 바꿔 달라고 담임 선생님께 조용히 부탁드려 봐야겠다."

"승준이는?"

"승준이가 왜?"

"나, 아직도 승준이가 좋은데 어떡해 엄마."

예은이의 눈에 맺힌 눈물을 보며 엄마는 한숨을 내쉬었다.

"에휴, 엄마는 가서 혼쭐을 내 주고 싶은데 어떡하니."

"승준이한테 아무 말도 하지 마, 엄마."

"그래. 근데 예은아. 엄마는 예은이가 승준이에게 미련을 갖지 않았으면 좋겠다. 우리 딸은 얼마든지 더 좋은 아이들과 만날 수 있으니깐. 응? 엄마 믿어 봐."

"……."

"지금은 안 믿기겠지만, 엄마 말 믿고, 오늘 하루 잘 보내고 와. 응?"

"알겠어요."

"그래."

집을 나서는데 채연이에게 카톡이 왔다.

💬 아직 집?

💬 응.

🗨 나, 너희 동 앞.

💬 진짜? 얼른 나갈게.

밖에 나가니 채연이가 바나나 우유를 흔들어 보이며 웃었다. 예은이는 저도 모르게 웃었다. 앞으로는 웃지 못할 것 같았는데, 이렇게 하루 만에 금세 웃는 자신을 보며 이유 없는 슬픔이 또다시 밀려왔다.

'슬퍼도 웃음은 나오는구나.'

채연이가 가까이 다가와 바나나 우유를 건넸다.

"고마워."

"고맙긴."

"무슨 일이야?"

"너 혼자 학교 가기 힘들까 봐. 걱정돼서."

"고마워……."

예은이의 말에 채연이가 피식 웃으며 예은이의 팔짱을 꼈다.

"내가 옆에 있어 줄게. 걔들은 신경 쓰지 마! 응? 네가 잘못한 것도 아닌데."

예은이의 볼에 눈물이 또르륵 흘러내렸다.

"이제 그만 울어. 눈 아프겠다. 아이쿠."

울어서 지울 수만 있다면, 눈물로 잊을 수만 있다면 밤을 새워서라도 울고 싶은 심정이었다. 아니, 아니다. 다혜만 지우고 싶다. 승준이는 그냥 그대로 남겨 두고. 다혜만. 수정펜으로 잘못 쓴 글씨를 지우듯, 그렇게 꼭꼭 눌러 지우고 싶다.

아침 조회가 시작되었다. 담임 선생님께서 들어오시더니 자리를 바꾸겠다며 교실 TV에 컴퓨터를 연결해 자리 프로그램을 띄우셨다. 아직 자리 바꿀 때가 안 되었는데 바꾸는 걸 보니 예은이는 엄마가 전화를 드렸구나 싶었다.

"선생님~! 같은 짝이 세 번째 되면 어떻게 되나요?"

"그럼 운명이라고 생각해."

"하하하!"

"그래도 그건 좀 아닌 것 같은데요……."

"이렇게 많은 학교 중에, 우리 반에서 만나서, 스물다섯 명의 친구들이 있는데 그중에 짝이 되고, 그 짝이 세 번씩이나 될 확률이 얼마나 되겠어? 운명이지, 운명! 결혼하는 거야!"

"으악~! 말도 안 돼!"

"야! 내가 말이 안 되거든?"

"혹시 사랑싸움?"

"하하하하!"

"자! 이제, 그만! 그럼, 클릭합니다!"

선생님이 마우스를 화면에 갖다 대자 아이들은 숨소리도 내지 않고 TV를 뚫어지게 쳐다보았다.

"하나, 둘, 셋!"

드디어! 새로운 짝이 화면에 떴다.

"으아아악!"

"야호!!"

"오예!"

"오 마이 갓!"

"선생님! 한 번만 더 해요. 네?"

"안 돼! 지금이 최곤데!"

순식간에 교실은 아수라장이 되었다. 예은이는 자신의 자리가 어디인지 살폈다. 다행히 다혜와 정반대로 떨어져 있다. 예은이는 4분단, 다혜는 1분단이다. 승준이의 자리가 어디인지 찾았다. 두 번째 분단, 교탁 앞에서 두 번째 중앙이다. 예은이의 바로 뒷자리가 채연이다. 예은이는 채연이가 가까이 있어서 안심되었다.

새로운 자리로 옮긴 아이들의 설렘과 기대와 실망이 엉켜 교실은 거미줄처럼 복잡한 분위기를 풍겼다. 예은이는 승준이를 바라보았다. 모범생 현민이와 짝이 된 승준이는 별말 없이 앉아 있었다. 맨 끝에 앉은 다혜도 살펴보았다. 다혜는 승준이를 바라보고 있었다.

'아, 정말. 싫다. 극혐이야.'

예은이는 다혜를 살피는 자신도, 승준이를 바라보는 다혜도, 그리고 한없이 밉지만 미워할 수 없는 승준이도, 모두 싫었다. 이렇게 괴로운 마음을 끌어안고 어떻게 남은 1년을 보내야 할까. 끝이 없는 깜깜

한 터널을 걷고 있는 기분이었다.

점심을 먹고 채연이와 교정을 한 바퀴 돌았다. 온통 초록 초록한 세상이 햇빛을 받으며 반짝이고 있었다. 며칠 전까지만 해도 그렇게 아름답던 세상이 왜 이토록 슬퍼 보이는 걸까. 예은이는 가벼운 바람에 흔들리고 있는 이름 모를 보랏빛 꽃을 보며 괜히 눈물이 났다.

"왜 또?"

채연이가 예은이의 얼굴을 보며 물었다.

"아니. 그냥. 슬퍼. 다 슬퍼."

"에휴, 그래. 사랑 그놈이 참 나쁜 놈이다. 그치?"

"채연이 너는, 누구 좋아해 본 적 없어?"

"왜 없겠어? 있지."

"사귀었어?"

"아니."

"왜?"

"음. 그냥. 초딩 때였어. 아직 어리다는 생각이 들었고."

"그랬구나. 지금은?"

"지금?"

"음……. 모르겠어."

"뭘 몰라?"

"내가 누군가를 좋아하는 건지, 좋아하지 않는 건지."

"누가 있긴 있구나?"

"다음에 말해 줄게. 나도 아직 내 맘을 잘 모르겠어."

"그래."

따뜻한 햇볕을 받고 걸어서인지 젖어 있던 마음이 한결 보송보송해진 느낌이 들었다. 하지만 채연이와 팔짱을 끼고 교실에 들어서는 순간, 예은이는 그대로 얼음이 되고 말았다. 승준이와 다혜가 종이 한 장 들어갈 틈도 없이 딱 붙어서 창밖을 바라보며 이야기하고 있었다.

"야! 너네는 양심도 없니?"

채연이가 소리를 질렀다. 채연이의 목소리에 교실에 있던 아이들이 승준이와 다혜를 쳐다보았고, 승준이와 다혜도 뒤를 돌아봤다.

"진짜, 해도 해도 너무하네, 진짜. 인간도 아니다."

승준이와 다혜는 아무 말도 못 들었다는 듯 다시 창밖을 바라보았다.

"그러게. 좀 그렇긴 하다. 보이지 않는 데서 사귀든지 말든지. 지들 때문에 아픈 사람은 생각하지도 않고."

평소 하고 싶은 말은 꼭 하는 유미가 채연이를 거들었다. 그제야 승준이와 다혜는 떨어져 각자의 자리에 가서 앉았다.

"근데, 아무리 봐도 다혜 멘탈은 인정해 줘야 할 것 같아. 안 그래?"

"그러게."

"어떻게 절친 남친을 그렇게……."

"그만해!"

예은이가 유미의 말을 끊었다.

"그만해 줬으면 좋겠어. 듣기 힘들어."

예은이는 자신의 문제를 아이들이 이렇게 대놓고 이야기하는 상황이 불편했다. 물론 유미는 자신을 생각해서 하는 말이었겠지만, 그럴수록 왠지 자신이 더 초라하게 느껴져서 가슴이 아렸다.

"그래. 그만하자. 양심이 있는 애들이라면 조심하겠지."

승준이는 이런 상황에서도 말 한 마디 없이 앉아 있었다. 정말 다혜를 좋아하긴 하는 걸까. 다혜를 좋아한다면 이럴 때 옆에서 지켜 줘야하는 거 아닌가. 예은이는 승준이의 어떤 점이 그렇게도 좋았던 건지 승준이에 대한 자신의 마음에 처음으로 의문을 품었다.

종례 후 집에 돌아가는 길. 축구를 하기 위해 운동장에서 몸을 풀고 있는 무리 속에서 승준이가 눈에 띄었다. 예은이는 공이 발에 붙어 있는 듯 떨어뜨리지 않고 재주를 부리는 승준이의 모습을 한동안 넋을 잃고 쳐다보았다.

"왜, 안 가고?"

채연이가 예은이의 팔을 잡아 이끌며 물었다.

"응. 아냐."

"휴~, 승준이가 있어서?"

"응."

"넌 승준이가 밉지도 않니?"

"미워. 미운데. 좋아. 좋아하는 마음이 사라지지 않아."

"그럴 수도 있구나. 근데 어떻게 그럴 수가 있지?"

"그러게. 나도 모르겠네."

"미우면 보통 싫어지잖아. 안 보고 싶고. 근데 어떻게 계속 좋아할 수 있냐고."

"머리로 생각하면 너무 미운데, 내 마음은 계속 승준이만 보면 움직여. 쿵쾅거리고 흔들리고 아프고 그래."

"그렇구나. 머리와 가슴이 언제나 같을 순 없지. 맞아. 그럴 수도 있을 것 같아."

예은이는 처음 승준이에게 반했던 순간이 다시 떠올랐다. 땀에 젖어 운동장을 달리던 모습이 스포츠 음료 광고를 찍는 남자 배우보다 더 멋있어 보였다. 그런 걸 눈에 콩깍지가 씌었다고 하는 거겠지. 근데 왜 이 콩깍지는 벗겨지지 않는 걸까. 이렇게 아픈 일을 당했는데도 말이다. 가만히 생각해 보니 자존심도 없는 여자 같아서 예은이는 또 울컥했다.

"채연아."

"응?"

"난, 왜 이렇게 바보 같지?"

"뭐가?"

"그냥. 친한 친구가 남자 친구랑 사귀는 줄도 모르고, 나 싫다고 차버린 남자 친구가 뭐가 좋다고 이렇게 혼자 못 잊는지. 진짜 바보 같아. 최악이야. 내가 생각해도 어이없어."

"바보는 무슨. 난 네가 그만큼 진심이었던 거라고 생각해."

"진심?"

"응. 진심으로 좋아했으니까 그 마음을 다시 돌리는 데도 시간이 걸리는 거라고 말이야. 별로 안 좋아했다면 '에라 잇! 나쁜 놈!' 하고 금방 돌아설 수 있었겠지. 근데 그게 안 되는 거잖아. 그치? 진심이었던 거야. 진심을 두고 바보라고 하면 안 돼."

"그럴까?"

"응."

"그렇게 말해 줘서 고마워."

"고맙긴. 난 네가 너무 힘들어하지 않았으면 좋겠어. 물론 힘들겠지만."

"네가 있어서, 견딜 만해."

"진짜? 우와! 영광입니다! 손예은 씨!"

"피~."

예은이는 채연이의 맑은 얼굴을 보고 피식 웃었다. 채연이는 자꾸 예은이를 웃게 한다. 예은이도 언젠가는 채연이를 웃게 해 주고 싶다고 생각했다.

승준이를 볼 때면 아직도 가슴이 철렁 내려앉았다. 어쩌다 눈이라도 마주치면 혹시 아직도 나에게 미련이 남아 있는 건 아닐까 하고 자꾸만 상상의 나래를 펼쳤다. 그런 날이면 늦은 밤 울리는 카톡 알림음에 깜짝 놀라기도 했다. 혹시라도 승준이에게 연락이 온 건 아닐까. 미안하다고, 다시 만나자고 하는 건 아닐까 하는 기대로 심장이 한껏 부풀었다가 꺼지곤 했다. 하지만 그런 일은 일어나지 않았다.

아침 조회 시간 내내 담임 선생님이 교실에 들어오지 않으셨고, 다혜의 자리도 비어 있었다. 아이들이 다혜의 자리를 보며 속삭였다.

"다혜 어디 갔어?"

"담임한테 불려 갔대."

"왜?"

"아침에 일찍 와서 승준이랑 교실에 있었는데, 담임한테 딱 걸렸대."

"뭘 걸려?"

"다혜가 승준이 무릎 위에 앉아 있었대. 승준이가 뒤에서 팔로 다혜를 끌어안고."

"옴마야!"

"담임 쌤이 보고, 승준이 먼저 불러서 이야기하고, 다혜를 데려가신 거래."

"누가 그래?"

"아침에 일찍 온 애들 사이에서 벌써 소문 쫘~악 퍼졌어."

"맙소사."

예은이는 저도 모르게 얼굴이 뜨거워졌다. 아이들의 이야기가 사실일까. 승준이와 다혜의 모습이 눈앞에 그려지는 바람에 저도 모르게 고개를 좌우로 흔들었다. 채연이가 뒤에서 예은이를 툭툭 쳤다.

"왜 그래?"

"아니야."

"괜찮아?"

"응. 괜찮아."

괜찮지 않았다. 닿을 듯 말 듯 스쳤던 승준이의 손길, 따뜻하고 보드라웠던 손의 감촉이 예은이의 손에서 아직도 이렇게 생생하게 느껴지는데. 승준이와 다혜는 서로 얼마나 좋아하길래 무릎 위에 앉아서 껴안았을까. 예은이는 그동안 애써 무시하려 했던 다혜에게 새삼스레 질투가 치솟았다.

아무리 생각해도 이해가 되지 않았다. 예쁘다는 말, 착하다는 말, 성격 좋다는 말은 언제나 예은이 차지였는데. 왜 승준이는 다혜를 선택한 걸까. 조용하고 얌전한 여자가 이상형이었던 걸까. 아니면 여자애들이 알지 못하는 다혜의 다른 모습이 있는 걸까.

생각에 잠겨 있는 사이에 문이 열리면서 다혜가 교실로 들어왔다. 아이들의 시선이 모두 다혜에게 쏠렸다. 다혜는 고개를 숙이고 자리에 앉아 두 손으로 얼굴을 가렸다. 울고 있었다. 아이들의 호기심 가득한 눈빛이 교실을 떠돌았다. 종소리와 함께 영어 선생님이 들어오시자 아이들은 아쉬운 표정을 지었다.

"담임이 다혜 엄마한테 전화한다고 했대."

"그것 때문에 울었다고?"

"응. 학교에서 있었던 일을 다 말하겠다고 했나 봐."

"말해야지. 중1이 학교에서 그 정도 스킨십 하는 건 너무한 거 아냐?"

"맞아. 맞아."

"집에서 혼날 거 생각하니깐 끔찍했나 보네?"

"그러니깐. 적당히 했어야지."

"그것보다, 다혜 엄마가 완전 엄해서, 남친 사귄 거 알면 가만 안 둘 거라던데?"

"지금이 조선 시대도 아니고, 남친 사귀는 게 어때서?"

"공부 방해된다고, 절대 못 사귀게 한대."

"헐~ 대박!"

"초등학교 때도 사귀다가 엄마한테 걸려서 헤어진 거라던데?"

"진짜?"

"응. 다혜 엄마가 승준이 엄마 찾아가서, 다혜랑 승준이를 만나게 하면 가만 안 있을 거라고 했대. 대박 쩔지 않아?"

"진짜 그러네. 와~. 무서워서 어디 사귀겠어?"

"그러니까."

"다혜 쟤 인생도 좀 불쌍하다."

"그러니까. 저렇게 얌전해 보여도, 어쩌면 엄마 때문에 어쩔 수 없이 저렇게 된 건지도 몰라. 진짜 성격이 아닐 수도 있지."

"에이~ 설마."

"왜? 충분히 가능성 있다고 봐!"

"어쨌든, 둘은 어떻게 될까? 흥미진진하네."

"난 헤어졌음 좋겠어. 아무리 생각해도 예은이가 불쌍해."

"나도!"

왜 속삭이는 소리일수록 더 크게 들리는 걸까? 예은이는 아이들의 이야기를 들으며 다혜가 조금은 안됐다는 생각이 들었다. 그러다 커트에 가까운 단발머리에 뿔테 안경을 쓴 다혜 엄마의 얼굴이 떠올랐다. 눈꼬리가 위로 올라가서 처음 봤을 때 얼마나 무서워 보였던지. 남친 생겼다고 함께 좋아해 줬던 엄마가 문득 보고 싶어졌다.

마음은 아파도 시간은 흘렀다. 승준이와 헤어지면 세상이 끝날 줄만 알았는데 세상은 변함없이 째깍째깍 흘러가고 승준이와 눈만 마주쳐도 덜컹거리던 심장도 이제는 제법 단단해졌다. 아무렇지 않은 척, 아무 일도 없었던 듯 무심하게 눈을 피하는 법도 익히게 되었다.

그렇다고 예은이의 마음에서 승준이가 완전히 지워진 건 아니었다. 지우려 애써도 깊이 남은 흔적은 지워지지 않았다. 지우려 애쓸수록 오히려 마음이 찢겼다. 그래서 그냥 두기로 했다. 시간이 흐르며 바래고 자연스럽게 지워지도록. 하지만 날마다 보고 있기 때문일까. 지워지기는커녕 이제 막 새긴 글씨처럼 승준이에 대한 기억은 더욱 선명해지기만 했다. 사람을 좋아하고 잊는 일이라는 게 마음먹은 대로 되는 것이 아니라는 걸 깨달았다.

학원을 마치고 집으로 갈 때면 아직도 승준이와 어깨를 나란히 하고 걸었던 그 밤이 떠올라 자꾸만 발걸음이 늦어졌다. 잊히지 않는 그 기억을 떠올리노라면 지독히 아프면서도 행복했다. 승준이도 이 길을 걸을 때면 가끔은 나를 생각할까 하는 생각, 어쩌다 우연히라도 이 길에서 마주치면 다시 시작하게 될 수도 있지 않을까 하는 생각이 들면 바보 같은 가슴은 다시 뛰었다. 이런 생각은 누구에게도 말하지 못했다. 아직도 승준이를 마음에 품고 있다는 걸 알면 다들 펄쩍 뛸 테니까.

연둣빛 거리가 녹색으로 바뀌고, 나뭇잎들이 더 무성해진 어느 여름밤. 집 앞 벤치에 누군가 앉아 있는 실루엣이 보였다. 채연이인가 싶어 유심히 보니, 다혜다. 웬일로 여기에 온 걸까. 궁금했지만 모르는 척하며 현관 입구로 들어섰다.

"예은아!"

돌아볼까 말까 잠시 망설이다 뒤를 돌아봤다. 다혜가 벤치에서 일어나서 예은이를 바라보고 있었다.

"잠깐만 얘기 좀 할래?"

"나는 할 얘기 없는데?"

생각보다 뾰족하게 튀어 나간 말투에 예은이 자신이 더 놀랐다.

"잠깐이면 돼."

예은이는 터벅터벅 발소리를 크게 내며 벤치에 가서 앉았다.

"무슨 일인데? 엄마가 기다리셔."

"응. 그래."

다혜는 손톱 표면을 긁기만 할 뿐 아무 말이 없었다. 예은이는 말없이 다혜의 손을 내려다봤다. 손톱을 감싸고 있는 살이 여기저기 뜯겨 있었다. 심하게 물어뜯었는지 피가 난 흔적이 있는 곳도 있었다.

"무슨 일인데?"

"어. 음. 그게."

"뜸 들이지 마. 나 피곤해."

"미안했어. 그동안."

예은이는 다혜의 얼굴을 빤히 쳐다보았다. 지난 몇 달 동안 그렇게 당당하던 다혜가 무슨 일로 이렇게 사과를 하는 걸까. 저 깊고 까만 눈 속에 어떤 생각이 담겨 있을까. 다혜의 사과가 의심스럽게 느껴졌다.

"갑자기? 이제 와서?"

"정말 미안해."

"왜? 뭐가 미안한데?"

"승준이에 대한 네 마음 무시했던 거. 너랑 사귀고 있는데 내가 깼던 거. 모두."

예은이는 그동안 잊고 있었던 분노와 미움이 다시 부풀어 오르는 걸 느꼈다.

"그러니깐. 그게 왜 지금 와서 갑자기 미안해졌냐고. 뭐, 죽을병이라도 걸렸니? 그래서 네 마음 편하자고 이렇게 사과하는 거야?"

고개를 숙이고 있던 다혜의 무릎에 눈물이 뚝뚝 떨어지면서 교복 치마의 패턴이 더욱 짙어졌다. 예은이는 흥분으로 두근거리는 마음을 가라앉히려 애쓰며 말을 멈추었다.

"난 정말. 네가 미웠었거든."

다혜가 눈물을 훔치며 콧소리가 섞인 목소리로 말했다.

"엄마 때문에 잠깐 헤어진 척하자고 승준이랑 약속한 상태였어. 그래서 연락도 안 하고, 서로 모르는 척하고. 근데, 네가 좋아한다고 하니까. 어떻게 할 수가 없었어."

"그래도 말했어야지!"

"말했으면, 네가 멈췄을까?"

"뭐라고?"

예은이는 다혜를 노려봤다. 하지만 금방 대답이 나오지 않았다.

"너랑 그런 사이라는 걸 알았다면, 멈췄겠지."

예은이는 자신의 목소리에 힘이 빠져 있음을 느꼈다.

"엄마가 너무 촉을 세우고 있어서, 너한테도 말 못 했어. 어떻게든 소문은 금방 나는 법이니까. 근데, 승준이가 먼저 너한테 사귀자고 할 줄은 정말 몰랐어. 죽을 것 같았어. 정말 숨이 쉬어지지도 않았고, 잠도 못 자겠더라고. 그래서 승준이를 잡았어. 너랑 나를 같이 만나도 좋으니까 다시 나랑 만나자고 했어."

"이런 미친……."

"응. 알아. 나도 내가 미쳤다는걸. 근데 그땐 그렇게라도 하지 않으면 내가 정말로 미칠 것만 같았어. 어쩔 수 없었어."

가방을 뒤적거리던 다혜가 휴지를 꺼내 코를 풀었다.

"승준이가 널 좋아하지 않은 게 아니야. 좋아했어."

"지금 그걸 말이라고 하니? 나한테 왜 이러는데?"

"승준이 마음이 자꾸 너한테 기우는 것 같아서, 그래서 내가 승준이에게 더 집착했던 것 같아."

"그래서 네 소원대로 잘 사귀고 있으면서, 나한테 이런 얘기들을 왜 하는 거냐고?"

"나, 승준이랑 헤어졌어."

쿵! 쿵쾅. 쿵쾅. 쿵쾅. 쿵쾅. 마치 귀에서 심장이 뛰고 있는 것 같았다. 귀가 뜨거워지면서 계속 뛰는 게 느껴졌다.

"뭐라고?"

"조금 전에 헤어졌어."

"왜?"

두 손으로 눈물을 닦아 낸 다혜가 다시 말을 이어 나갔다.

"음……."

다혜의 목소리가 떨렸다.

"다른 애가 있대. 마음에 드는."

예은이는 놀라서 더 커진 눈으로 한참 동안 다혜를 쳐다보았다. 둘 사이에 침묵이 흘렀다.

"난, 내가 승준이랑 영원히 함께할 거라고 생각했어. 근데……."

"이런 이야기를 지금 나한테 하는 이유가 뭐야?"

예은이는 머릿속이 새하얘지는 걸 느끼며 다혜에게 물었다.

"전에, 너한테 미안한 거 없다고 한 말. 그 말이 계속 가시처럼 목에 걸려 있었어. 사과하고 싶었는데 틈을 못 찾았어. 근데 오늘, 이렇게 되고 보니깐, 그때 네가 얼마나 아팠을까 하는 생각이 들어서. 그래서. 더 미루면 안 되겠다는 생각이 들어서……."

예은이는 한숨을 내쉬었다. 지금 이 상황에서 화를 내야 하는 건지, 사과를 받아들여야 하는 건지, 아니면 위로를 해야 하는 건지 도무지 판단이 서질 않았다.

"그래서, 앞으로 어떻게 할 건데?"

다혜에게 이렇게 물으면서도 예은이는 자신이 지금 뭘 하고 있는지 모르겠다는 생각이 들었다. 오지랖도 이런 오지랖이 없구나 싶었다.

"모르겠어."

다혜가 예은이를 빤히 쳐다봤다.

"넌, 어떻게 했어?"

"뭘?"

"승준이랑 헤어지고 나서."

"됐어. 말하기 싫어. 내가 지금 너하고 왜 이런 이야기를 하고 있는 지도 모르겠다 정말. 너, 진짜 재수 없어."

다혜의 두 눈에서 다시 후두둑 소나기 쏟아지듯 커다란 눈물방울이 쏟아지기 시작했다. 그런 다혜를 보고 있으니 몇 달 전 자신의 모습이 떠올랐다.

"죽고 싶을 정도로 힘들었어."

예은이의 말에 다혜가 고개를 끄덕였다.

"그리고 시간이 지나면서 조금씩 괜찮아졌어. 하지만, 지금도 아파."

다혜는 연신 고개를 끄덕거리며 눈물을 닦았다.

"처음엔 그냥 사소한 거에도 눈물이 줄줄 흘러. 그럴 땐 그냥 우는 게 상책이야. 막는다고 막히는 것도 아니니. 또 이유 없이 예민해지고 짜증 나기도 해. 그럴 땐 맛있는 거 먹어. 좋아하는 거. 비 오는 날은 더 힘들어. 그냥 슬픈 노래 틀어 놓고 비를 쳐다봐. '저게 다 내 눈물이다.' 하고 말이야. 하늘이 대신 울어 주고 있다고 생각해. 그럼 맘이 눈물 한 방울만큼은 편해져."

어느새 다혜의 눈물이 멎었다.

"같이 걷던 길, 같이 들었던 음악, 같은 시간에 주고받았던 카톡. 그것들이 다 네 발목을 잡을 거야. 그걸 계속 기억할지 지우려고 애쓸지는 네가 직접 판단해. 내 경험상 쉽게 지워지진 않아. 오히려 더 안 잊혀. 잘 지우는 방법 찾으면 나도 알려 주고. 참! 너는 추억이 많아서 더 힘들겠다. 올해 안에는 지우기 힘들겠네."

예은이의 말에 다혜는 부은 눈으로 미소 지었다.

"왜 웃니?"

"재밌어서."

"재밌긴 뭐가 재밌어? 아휴. 미워 죽겠는데 내가 왜 지금 너한테 이런 말을 해 주고 있는지 모르겠다."

예은이가 왼손 주먹으로 자신의 머리를 쥐어박는 시늉을 하며 말했다. 그런 예은이의 손을 다혜가 잡으며 말렸다. 다혜의 손에 붙잡힌 예은이의 손이 허공에서 잠시 멈칫했다. 예은이와 다혜의 눈이 마주쳤다. 몇 초간의 정적이 흐른 후, 누가 먼저랄 것도 없이 둘은 소리 내어 웃었다.

"하하하핫."

"큭큭큭큭."

"왜 웃어?"

예은이가 다혜에게 물었다.

"몰라. 네가 먼저 웃었잖아."

다혜가 답했다.

"아니야. 네가 먼저 웃었어."

"아닌데. 분명히 네가 먼저 웃었는데?"

"야! 울다가 웃으면 똥구멍에 털 난다는데, 너 큰일 났다."

"그걸 믿는 사람이 어딨어?"

"응. 여기. 너 꼭 털 나라고 내가 기도할게."

"하하하핫."

"푸후후훗."

후텁지근하던 밤공기가 시원하게 느껴졌다. 녹색의 가로수 아래 서 있는 가로등이 오늘따라 유독 밝게 빛나는 것 같았다.

"나, 승준이 다 잊을 때까지는 너 용서 못 해. 미워하는 마음이 아직 그대로야. 잊히는 만큼씩만 용서할 거야. 알았어?"

예은이가 다혜를 보며 짐짓 진지한 표정으로 말했다.

"얼마나 걸리는데? 아직 많이 남았어? 잊으려면?"

"그거야 나도 모르지."

예은이가 두 발을 번갈아 가며 흔들었다. 다혜도 예은이를 따라 발을 흔들며 말했다.

"알았어. 내가 잘못한 건데 그 정도야 감수해야지."

"각오해라!"

"응."

다혜가 웃으며 대답하더니 다시 말했다.

"근데 큰일 났다."

"뭐가?"

"승준이랑 이제 시작하게 된 애 말이야."

"그 애가 왜?"

예은이가 호기심 가득한 표정으로 물었다.

"그 애는 내 용서받으려면 몇 년은 걸릴지도 모르겠는데?"

"풋! 푸하하하핫!"

"하하하핫!"

늦은 밤, 요란한 매미 울음소리에 예은이와 다혜의 웃음소리가 뒤섞여 아파트에 울려 퍼졌다. 뜨겁도록 아픈 여름이 지나가고 있었다.

★ 두 번째 이야기 ★

부서진 사랑

행복을 주는 사람

"야! 채연이는 내 꺼야. 아무도 건드리지 마!"

축구를 하다 잠시 스탠드에 앉아 음료수를 마시는 틈을 이용해 민준이가 말했다.

'채연이가 무슨 물건인가? 자기 꺼라고 말하게?'

영우는 운동장 쪽에 침을 뱉으며 속으로 생각했다.

"올! 싸나이 민준! 응원할게!"

승준이가 민준이를 향해 엄지손가락을 세워 보이며 오른쪽 눈을 찡긋했다.

"히히!"

생각만 해도 좋은 걸까. 민준이는 혼자 헤죽거렸다. 그 모습을 보고 평소 말이 별로 없는 현민이가 진지하게 물었다.

"그렇게 좋아?"

"응. 말이라고?"

"어디가 그렇게 좋은데?"

햇빛을 받아 반짝이는 안경알 너머에서 현민이의 까만 눈동자가 빛났다. 민준이는 현민이가 이렇게 남의 연애사에 관심을 보이는 게 신기했다. 공부에만 관심 있는 줄 알았는데 짜식. 남자란 말이지.

"어디가 좋긴! 다 좋지! 그걸 어떻게 말로 하냐?"

민준이가 활짝 웃으니 고른 이가 드러나면서 까만 얼굴에 하얀 꽃이 피었다. 이온 음료를 마시던 성진이가 갑자기 자리에서 일어나 어디론가 뛰어갔다.

"야! 다시 시작할 건데 어디 가?"

민준이가 성진이를 불렀다.

"화장실!"

"저 자식은 꼭 시작하려면 화장실 간다고 하더라."

"그러니까 말이야."

"일단 우리 먼저 다시 몸 풀면서 기다리자."

아이들은 골대 앞에서 몸을 풀며 공을 이리저리 굴렸다. 축구 동아리가 만들어지게 된 데에는 민준이의 노력이 컸다. 워낙 축구를 좋아하는 데다가 사교성도 좋아 선배들은 물론 선생님들과도 친해서 금세 회원을 모집하고 지도하실 선생님도 모셔 와서 동아리를 조직했다. 3학년도 아닌 1학년이 이렇게 열심히 뛰는 걸 보고 선배들도 놀라워했다.

축구 동아리에는 운동깨나 한다는 아이들이 다 모였다. 평소에는 약간 껄렁껄렁해 보이는 아이들도 운동장에서 뛸 때면 진지했다. 민준이는 운동을 잘하든 못하든, 공부를 잘하든 못하든 가리지 않고 모두와 두루두루 친하게 지냈다.

영우는 이런 민준이를 언제나 못마땅하게 바라봤다. 소심해서 발표도 큰 소리로 못하는 자신과는 달리 언제나 자신감이 넘치고 누구와도 친하게 지내는 민준이가 괜히 눈에 거슬렸다. 그런데 이젠 자신이 마음에 품고 있던 채연이에게 손대지 말라고 선전 포고까지 해 버리다니. 어떤 표정을 지어야 할지 모르겠다.

"채연아! 들었어?"

소설책을 읽고 있는 채연이 옆에 예은이가 와서 앉았다.

"뭘?"

"픕!"

"왜 그러는데?"

"있잖아. 민준이가 너 좋아한대."

"아~. 그거?"

채연이는 아무렇지 않은 듯한 표정으로 계속 책에서 시선을 떼지 않았다. 예은이는 그런 채연이의 얼굴을 뚫어지게 쳐다보더니 채연이가 보고 있는 책을 덮었다.

"왜 그래? 재미있게 읽고 있는데."

"에이~ 눈에 안 들어오면서. 그치?"

예은이는 다 안다는 표정으로 웃으면서 채연이를 쳐다봤다.

"너. 저번에, 나한테 다음에 얘기하겠다고 했던 게 이 이야기였어?"

예은이는 문득, 편의점에서 민준이와 마주쳤을 때 얼굴이 빨개졌던 채연이의 모습이 떠올랐다.

"아. 뭐. 모르겠어."

"모르긴 뭘 몰라? 좋으면 좋고, 싫으면 싫은 거지."

예은이는 마치 자신이 고백이라도 받은 것처럼 신이 나서 말했다. 채연이는 난감했다. 이런 이야기는 다른 아이들이 없는 공간에서 조용하게 하고 싶었는데, 이렇게 해맑게 이야기하는 예은이의 얼굴을 보니 말을 안 할 수도 없고.

"음. 있잖아."

예은이가 두 손을 주먹을 쥐고선 턱받침을 하고 기대에 찬 눈빛으로 채연이를 쳐다봤다.

"이따가 얘기해."

"아 뭐야. 피~."

예은이가 입을 쭉 내밀며 말했다.

"알았어. 지금은 분위기가 좀 그런 거지? 이따 얘기해."

예은이가 자리로 돌아가고, 채연이는 책을 다시 펼쳤다. 눈으로는 책을 읽고 있었지만 무슨 내용인지는 하나도 들어오지 않았다. 머릿속이 민준이 생각으로 꽉 찼다. 민준이가 자신을 좋아한다는 이야기를 들은 지는 꽤 되었다.

중학교에 입학한 지 얼마 되지도 않았는데, 초등학교 때 같은 반이었던 정아가 톡을 보냈다. 민준이라는 애가 날 좋아한다는데 알고 있냐는 것이었다. 그냥 장난인 줄 알고 넘기려 했는데, 정아는 민준이가 초등학교 때 인기가 많았던 아이라며 잡으라고 했다. 인기가 많다고 꼭 잡아야 하나 우습기도 하고, 아직 민준이가 어떤 아이인지도 모르는 터라 그냥 무시했다.

민준이가 자신을 좋아한다고 여기저기 알리고 다니는 것 같았는데, 정작 자신에게 고백은 안 했다. 채연이는 소문이 거짓인 건지 아니면 민준이가 부끄러워서 고백을 못 하고 있는 건지 내심 궁금했다. 아무리 관심 없다고는 하지만 자신을 좋아한다는 사람에게 조금이라도 관심이 가는 것은 어쩌면 당연한 일일지도 모른다.

교실에서 누군가의 시선이 느껴져서 살펴보면 어김없이 민준이가 빤히 쳐다보고 있을 때가 많았다. 짧은 순간이지만 민준이와 눈이 마주치면 눈빛이 얼마나 강렬한지 전기가 통하듯 찌릿한 느낌에 깜짝 놀라곤 했다.

민준이는 채연이의 이상형이 아니다. 채연이는 웹툰에서 튀어나온 것처럼 잘생기고 키도 크고 하얀 남자가 좋다. 그에 비하면 민준이는 키도 그리 크지 않고 까만 데다가 잘생기지도 않았다. 한 가지 조건도 맞는 게 없다. 이런 민준이를 좋아할 리가 없다. 그런데 왜 자꾸 민준이가 신경 쓰이고, 전기가 통하는 느낌이 드는 건지 채연이는 스스로 의아했다.

종례가 끝나자마자 예은이가 채연이 옆에 와서 가방 싸는 걸 지켜보며 기다렸다. 뭐가 이렇게도 궁금한 걸까. 채연이는 예은이의 천진함이 귀엽게 느껴졌다.

"왜? 뭐가 그렇게 궁금한데?"

"아니. 너는 민준이를 어떻게 생각하는지. 그게 궁금한 거지."

예은이가 오징어처럼 온몸을 흐느적거리며 말했다.

"왜 이래? 왜 이렇게 몸을 흔드는데?"

"아이, 참. 왜 내가 이렇게 부끄럽고 뭔가 설레고 이러냐?"

"웃겨 정말."

"그래서. 민준이가 좋아, 안 좋아?"

"그게."

"응."

"모르겠어."

기대에 부풀어 채연이를 바라보던 예은이가 바람 빠진 풍선처럼 피식거리며 말했다.

"뭐야. 모르다니. 네가 모르면 누가 알아?"

"음. 내 이상형이 아니야."

"그럼, 아닌 거야? 안 좋아하는 거네?"

"근데, 이상하게 신경 쓰여."

"뭐야. 그럼 좋아하는 건데?"

"근데 가만히 생각해 보면 진짜 내 스타일이 아니야."

걸으면서 이야기하던 예은이가 갑자기 채연이를 잡아 세웠다.

"그러니깐, 네 말을 정리해 보면! 머리로 생각하면 이상형이 전혀 아닌데, 신경 쓰이고 자꾸 관심이 간다는 거지?"

채연이가 고개를 끄덕였다.

"큭큭큭. 좋아하는 거야. 아니, 뭐. 딱 좋아한다고 결론짓기보다는 관심이 있는 거네."

"그런 걸까?"

"그런 거지."

"휴~."

"왜?"

"내 마음을 나도 모르겠다."

"그럼 조금 더 기다려 봐. 민준이가 생긴 건 어떨지 몰라도 진짜 괜찮은 애야. 성격 좋지, 공부 잘하지, 리더십도 있지. 여친 생기면 완전히 충성할 타입이라니까."

"그래?"

"응."

"비밀로 해 줄 거지?"

"당연하지. 나는 네 사랑을 응원해!"

예은이가 두 손을 모아 하트 모양을 만들어 보이며 말했다.

"뭐야~ 간지럽게~!"

"간지럽긴~! 원래, 사랑이라는 게 간지러운 거야."

"칫. 남친 사귀더니 완전 연애 박사 다 되었네."

"그러게~!"

예은이와 헤어져 학원으로 가면서 채연이는 계속 생각했다.

'난 민준이가 좋은 걸까, 싫은 걸까? 나를 좋아한다고 하니까 그냥 관심이 생긴 걸까, 나도 좋아하고 있는 걸까? 좋아하는데 이상형과 너무 멀어서 아니다 싶은 걸까? 에잇! 몰라! 모르겠다고! 왜 나를 이렇게 심란하게 하는 거야!'

땀을 흘리면 복잡한 머릿속이 조금은 정리가 되지 않을까 하는 생각에 채연이는 뛰기 시작했다. 보드랍고 시원한 바람이 채연이의 볼을 가볍게 마사지하듯 얼굴에 와서 부딪혔다. 숨이 차서 잠깐 멈추어 숨을 고른 후, 이번에는 천천히 걸었다. 학원에 거의 도착했는데 어디선가 익숙한 시선이 느껴졌다. 학원 입구에서 민준이와 영우가 채연이를 보고 있었다. 채연이의 가슴이 두근거리기 시작했다.

"여기서 뭐 해?"

채연이는 영우에게 물었다. 영우와는 초등학교 때부터 같은 학원을 다녀서 친하다.

"어? 응. 민준이를 우연히 만나서. 이야기하느라."

"시작할 시간 다 된 것 같은데?"

채연이의 말에 영우는 핸드폰으로 시간을 확인하더니 민준이와 인사를 했다.

"난 들어가야겠다. 낼 보자."

"어. 그래. 잘 가. 채연아! 너도 잘 가!"

민준이가 손을 흔들며 채연이에게 인사를 했다. 계단을 올라가던 채연이는 순간 당황해서 발걸음을 멈추었다가 뒤돌아서서 작은 소리로 인사했다.

"응."

저렇게 해맑게 인사하다니. 돌아서는 채연이는 저도 모르게 씩 웃었다. 채연이의 볼이 사과처럼 빨개지는 걸 민준이는 보지 못했다.

혹시나 하는 마음에 채연이가 다닌다는 학원 근처에서 뱅뱅 돌았는데, 이렇게 채연이와 딱 마주치다니 민준이는 신이 났다. 게다가 오늘은 채연이에게 인사도 했고, 채연이가 대답도 했다. 얼마 만에 대화를 트게 된 건지 감격스럽기 그지없다. 물론 대화라고 하기에도 뭣하긴 하지만 그래도 이 정도면 거의 성공이라고 할 수 있다는 생각이 들었다.

채연이를 처음 본 순간부터 민준이는 채연이가 자신의 이상형이라는 걸 알았다. 긴 생머리에 하얀 피부, 뭔가 야무지고 당차면서도 여성스러움이 느껴지는 분위기에 그만 반해 버렸다. 이런 아이를 남자애들이 그냥 두지 않을 것 같아 마음이 급했다. 급한 마음에 축구 동아리

애들에게 먼저 선전 포고를 하고 나니 소문은 금세 퍼졌지만, 막상 고백하려고 하니 용기가 안 났다. 채연이 눈이 높아서 웬만해선 고백에 성공하기 힘들 거라는 충고들이 자꾸만 머릿속에서 맴돌았다. 그런 말은 무시하고 시원하게 고백해서 박력 있는 남자로 보이고 싶었지만, 고백했다가 차이면 친구로도 지내지 못할까 봐 우선은 천천히 친해지는 게 먼저이겠다 싶었다.

하지만 시간이 흐를수록 채연이를 지켜보는 게 힘들었다. 보면 볼수록 더 좋아졌고, 마음은 더 깊어만 갔다. 이야기하고 싶고, 같이 걷고 싶고, 영화도 보고 싶고, 사소한 모든 걸 함께하고 싶은 욕심이 자꾸만 부풀어 올랐다. 이러다 어느 순간 마음이 '펑!' 하고 터져 버릴까 두려웠다.

그래서 예은이에게 SOS를 요청했는데, 채연이가 자신을 그렇게 싫어하는 것 같지는 않다고 했다. 맙소사! 민준이는 세상을 다 얻은 것 같았다. 마음을 가득 담은 눈빛을 보내고 신호를 보내도 아무런 반응이 없어서 자신에게 관심이 1도 없다고 생각하며 코가 빠져 있었는데, 기적 같은 일이 생기다니! 이제 조금 더 적극적으로 채연이에게 다가갈 용기가 생겼다.

민준이는 발돋움을 하면 하늘 끝까지라도 날아오를 수 있을 것만 같은 느낌이 들었다. 채연이와 눈이 마주칠 때마다 온몸의 털이 모두 쭈뼛 설 만큼 떨리면서 긴장되었고, 그만큼 행복했다. 문제는 언제 어떻게 고백할까 하는 건데, 간절히 원해서였을까? 기회는 뜻하지 않게 찾아왔다.

국어 시간. 선생님이 들어오시더니 칠판에 "내게 행복을 주는 사람"이라고 쓰셨다.

"오늘은 이 주제로 글을 한번 써 볼 거예요. 우리가 살아가다 보면 행복이라는 감정을 느끼지 못할 때가 많잖아요? 근데 가만히 우리의 삶을 들여다보면 우리를 행복하게 하는 요소는 굉장히 많아요. 못 느끼고 있을 뿐이죠. 오늘은 특별히 여러분을 행복하게 해 주는 사람에 대해서 써 보면 좋겠어요. 먼저 여러분의 삶을 찬찬히 들여다보고, 행복할 때가 언제인지 생각해 보고, 그 순간 곁에 있는 사람이 누구인지 가만히 떠올려 보는 시간이 되었으면 해요."

"아~~~~."

"후~~~~."

아이들이 한숨을 쉬는 소리가 들렸다.

"지금 이 소리는 너무 행복해서 내는 소리죠?"

"너무 행복하네요~!"

아이들이 인상을 찌푸리며 대답했다.

"와우! 반어법을 배우더니 금세 써먹네? 역시 멋진 제자들이야!"

국어 선생님의 말에 아이들은 어쩔 수 없이 글쓰기를 해야 한다는 걸 받아들였다. 행복하지 않다는 듯 계속 투덜거리는 아이들도 필통을 열어서 연필을 꺼냈고, 벌써 펜을 움직이며 무언가를 진지하게 쓰는 아이, 턱을 괸 채 생각에 빠진 아이들로 교실은 순식간에 고요해 졌다.

민준이는 칠판을 보자마자 채연이가 떠올랐다. 망설일 필요도 없었다. 온통 채연이에 대한 생각으로 꽉 찬 마음을 어디엔가 털어놓지 않으면 다른 생각은 하지 못할 것 같았기 때문이다.

내게 행복을 주는 사람은 Y다. 처음 본 날부터 Y는 내게 행복을 주었다. 특별한 이유는 없었다. Y의 웃음을 보는 순간 내 마음이 Y로 가득 차 버렸다. 그 시간 이후로 내 마음에는 다른 것을 받아들일 공간이 없어졌다. 대신 행복으로 가득해 졌다. Y를 볼 수 있다는 것. 그것 하나만으로도 가슴이 두 근거리고 아침이 기대되고 살아가는 게 즐겁다고 느낀다. 내게 행복을 주는 Y에게, 나도 행복을 주는 사람이 되고 싶다. 그럴 수 있을까?

글을 다 쓰고 주변을 둘러보니 아이들도 다 썼는지 두리번거리고 있었다. 몇몇 아이들만 아직도 고개를 숙이고 열심히 쓰고 있었다.

"자~! 먼저 다 쓴 친구들부터 발표해 볼까요?"
"발표 꼭 해야 하나요?"

"하고 싶은 사람이 해 보자. 대신, 아무도 발표할 사람이 없으면 선생님이 지명할게요."

쿵쿵거리는 심장 소리가 빨리 발표하라고 재촉하는 것만 같아 민준이는 저도 모르게 손을 번쩍 들고 말았다.

"우와~! 민준이?"

선생님의 말씀에 아이들이 민준이를 쳐다봤다. 어지간해선 빨개지지 않는 얼굴이 새빨갛게 달아오르는 걸 느꼈다. 괜히 손을 들었나 갑자기 후회가 몰려왔다. 채연이가 싫어하면 어떡하나 하는 생각에 번쩍 들어 올린 자신의 손이 원망스러웠다. 앞쪽에 앉은 채연이가 뒤를 돌아 민준이를 쳐다봤다. 자리에서 엉거주춤 일어선 민준이는 채연이의 얼굴을 보자 울고 싶어졌다.

'괜히 손 들었나 봐. 이러다 친구로도 지낼 수 없게 되면 어떡하냐.'

'괜찮아. 자신감 있게 발표해 봐! 이렇게 찌질하게 굴지 말고!'

'아니야. 여자들은 여럿이 있는 데서 고백하는 거 싫어한댔는데.'

'싫어하긴. 좋아하는 여자들도 있어. 누가 알아? 채연이가 좋아할지?'

'채연이가 안 받아 주면 망신살 뻗치는 거야. 그것보다 중요한 건 두 번 다시 채연이랑 눈을 마주치지 못할 수도 있다는 거지.'

머릿속에서 오가는 생각들로 갈팡질팡 못하고 있는 민준이에게 선생님이 어서 발표해 보라며 재촉하셨다.

"괜찮아. 잘 쓴 글이 아니라도 상관없어. 좋은 글은, 진심이 담긴 글이야. 얼른 발표해 볼까?"

"네."

민준이는 침을 꼴깍 삼키고 노트를 눈높이에 가져간 다음 글을 읽었다.

"내게 행복을 주는 사람은 Y다. 처음 본 날부터 Y는 내게 행복을 주었다."

"우후~~~~~!!"

아이들이 환호했다.

"특별한 이유는 없었다. Y의 웃음을 보는 순간 내 마음이 Y로 가득 차 버렸다."

"꺄악!!!"

"우와!!!"

"으악!!!"

여자아이들이 소리를 질렀다. 국어 선생님도 활짝 웃으시며 아이들에게 조용히 하라는 표시로 집게손가락을 세워 입술에 가져다 댔다.

"그 시간 이후로 내 마음에는 다른 것을 받아들일 공간이 없어졌다. 대신 행복으로 가득해졌다."

"야! 누구야? 누구?"

아이들이 두리번거리며 Y를 찾기 시작했다.

"우리 반이야?"

Y를 찾느라 흥분된 여자아이들의 틈에서 채연이가 얼굴이 빨개진

채로 고개를 숙이고 있었다. 금세 Y의 정체가 밝혀졌다. 아이들은 민준이와 채연이를 쳐다보며 응원인지 부러움인지 시샘인지 모를 환호성을 보냈다.

"내게 행복을 주는 Y에게, 나도 행복을 주는 사람이 되고 싶다. 그럴 수 있을까?"

민준이는 마지막 문장까지 읽고 자리에 앉았다.

"사귀어라! 사귀어라!"

"잘 어울려!"

"사귀어라!"

아이들은 수업 중 웬 재미난 구경거리인가 싶어 떼창을 부르기 시작했다.

"사귀어라!"

"사귀어라!"

선생님께서 중재하기 시작하셨다.

"와우! 이렇게 멋진 글을 쓰고, 용기 내어 발표까지 한 민준이에게 우리 모두 박수를 보냅시다!"

"짝짝짝짝!!!"

"휘~이~휙~!"

"누군가에게 좋은 감정을 갖고 행복을 느낀다는 건 소중한 경험이야. 이렇게 따뜻하고 좋은 마음을 예쁘게 잘 간직했으면 좋겠다. 자~ 그다음은 누가 발표해 볼까?"

민준이의 고백 대상이 자신이라도 된 듯 아직도 감미로운 느낌에서 벗어나지 못한 여자애들의 눈이 허공을 헤매는 동안, 남자애들도 민준이를 보며 용기 있다고 생각하며 마음속에 품고 있는 아이에게 어떤 식으로 고백할지 고민하기 시작했다. 다만, 영우는 누군가에게 발이라도 밟힌 사람처럼 인상을 잔뜩 찌푸리고 있었다.

쉬는 시간에 여자아이들이 채연이 자리로 몰려왔다.

"채연아! 어떻게 할 거야?"

세리가 물었다.

"뭘?"

"사귈 거냐고."

"몰라."

"에이~ 왜 몰라?"

"아잉. 부럽다. 난 언제 썸이라도 타 보니?"

"그러게."

한참 동안 부러움과 신세 한탄을 늘어놓던 아이들이 자리로 돌아갔다. 채연이는 아이들의 이런 반응이 싫지 않았다. 누군가에게 선망의 대상이 되었다는 생각에 특별한 사람이 된 것 같아 기분이 좋았다.

무엇보다, 민준이가 이렇게 수업 시간에 고백할 줄은 몰랐는데 생각보다 박력 있어서 호감도가 급상승했다. 반 아이들과 선생님까지 있는 데서 자기 마음을 표현할 정도면 자신을 정말 좋아하는 건가 하는 생각에 약간은 뭉클하기도 하고 믿음직스럽다는 생각이 들었다.

모든 수업이 끝나고 채연이 혼자 집으로 향하고 있었다.

"채연아!"

돌아보니 민준이가 씩씩하게 뛰어오고 있다.

"잠깐만."

채연이 앞에 도착해서 두 손을 무릎에 놓고 숨을 고르더니 떨리는 목소리로 말했다.

"저기, 잠깐 시간 돼? 아이스크림 먹으러 가지 않을래?"

"그래."

채연이는 쿨하게 대답했다. 민준이의 까만 얼굴에 요거트처럼 하얀 웃음꽃이 피었다. 아이스크림 전문점에서 컵에 담긴 아이스크림을 하나씩 들고 자리에 앉았다. 민준이는 아이스크림만 들여다보며 아무 말도 없이 한참 동안 가만히 앉아 있었다. 채연이는 스푼으로 아이스크림을 푹푹 찌르며 민준이의 말을 기다렸다.

"저기……."

민준이가 채연이의 눈을 보며 말을 꺼냈다.

"응."

채연이는 민준이가 무슨 말을 할지 알고 있으면서도 가슴이 빠르게 뛰는 걸 느꼈다. 마주 보는 민준이의 눈빛이 너무 강렬해서 그 눈빛이 아이스크림에 닿으면 녹아 버릴 것만 같았다.

"나, 너 진짜 많이 좋아해. 나랑, 사귀지 않을래?"

채연이는 지나치게 진지한 민준이의 태도에 피식 웃고 말았다. 민준이가 고개를 갸우뚱하며 물었다.

"왜? 싫어?"

"아니야. 좋아."

민준이의 입이 귀까지 찢어졌다.

"고마워!"

민준이는 두 주먹을 쥐고 'Yes!'라고 소리 나지 않게 외쳤다.

"근데, 조건이 있어."

"어? 조건?"

민준이의 표정에 금세 어둠이 내려앉았다. 몇 초 사이에 천국과 지옥을 오락가락하는 것만 같았다.

"응. 사귀면서 서로의 공부에 방해되지 않기. 학교에서 너무 티 내지 않기."

"응. 좋아. 무조건 좋아."

민준이는 고개를 격하게 위아래로 끄덕이며 대답했다. 그러고 나서는 갑자기 멍해졌다.

"학교에서 티 내지 않는다고? 우리 사귀는 거 말하면 안 돼?"

"아니, 그건 아닌데. 아이들이 모두 있는 데서 너무 표나게 사귀는 건 좀 그래."

"아~! 알겠어. 좋아."

민준이의 얼굴이 다시 밝아졌다. 채연이는 민준이의 얼굴이 밝아졌다 어두워지는 게 꼭 스탠드를 껐다 켰다 하는 것 같아 자꾸만 웃음이 나왔다. 민준이는 마음이 얼굴로 보이는 아이인 것 같다는 생각이 들었다.

연애 중♥

그날부터 바로 채연이와 민준이의 1일이 시작되었다. 민준이는 신나고 벅찬 마음을 주체하기가 힘들었다. 학원에서 수업하면서도 채연이가 공부하고 있는 학원으로 달려가고 싶은 마음이 굴뚝같았다. 채연이가 고백을 받아 준 게 아직도 실감 나지 않았다. 당장 카톡이며 페북 프사부터 바꾸었다.

연애 중♥1일

이 '연애 중'이라는 멘트를 얼마나 써 보고 싶었던가. 그것도 채연이와. 이건 분명 하늘이 내린 선물임이 틀림없다고 생각했다.

학원을 마치고 집으로 가는 길. 채연이의 학원 앞에서 기다렸다가 집에 데려다줄까 했는데 채연이는 바로 태권도 학원으로 가야 한다고 했던 게 생각나서 떨어지지 않는 발걸음을 집으로 옮겼다. 채연이는 도대체 못 하는 게 뭘까 생각했다. 공부도 잘하지, 얼굴도 예쁘지, 근데 운동까지 한다니! 알면 알수록 매력덩어리가 아닌가! 이런 매력덩어리와 사귀게 된 자신이 세상에서 가장 행복한 남자처럼 느껴져 민준이는 가슴이 벅차올랐다.

채연이는 태권도 학원에서 집에 오자마자 샤워를 하고 침대에 누워 핸드폰을 확인했다. 민준이에게서 톡이 와 있었다.

🗨 채연아!
🗨 집에 왔어?
🗨 너 때문에 오늘도 나는 행복했어.
🗨 도착하면 연락해.

채연이는 톡을 읽는 내내 온몸이 간지러웠다. 몸이 간지러운 건지 마음이 간지러운 건지 모르겠지만 오글거림과는 다른 기분 좋은 간지러움이었다. 민준이가 생각보다 감성적인 아이라는 생각을 하며 톡을 보냈다.

🗨 이제 들어와서 씻었어.

톡을 보내자마자 바로 답이 왔다.

💬 통화 가능?
🗨 응.

대답과 동시에 진동이 울렸다.

"여보세요?"

"안 피곤해?"

"응. 괜찮아."

"목소리가 왠지 피곤한 것 같은데?"

민준이가 걱정스러운 말투로 말했다. 다정하고 따뜻한 그 말투에 채연이의 마음은 한없이 말랑말랑해지고 말았다. 이래서 남친을 사귀나 보다 싶은 생각이 들었다. 부모님 아닌 누군가가 나를 걱정해 주고 좋아해 주는 것이 이렇게 기분 좋고 든든한 일이구나.

민준이와 얘기하다 보니 통하는 게 많았다. 뭐랄까. 말로 설명하지 않아도 그냥 통하는 느낌. 이야기를 꺼내면 자연스럽게 다음 이야기로 흘러가면서 끝도 없이 재미있는 대화가 이어졌다. 잠깐 통화한 것 같은데 머리가 무겁고 눈꺼풀이 왜 자꾸만 가라앉나 싶어 시계를 확인해 보니, 어느새 통화한 지 세 시간이 훌쩍 넘어 새벽 2시가 되어 있었다.

핸드폰을 댄 귀가 뜨거웠다. 핸드폰 너머에선 민준이의 노랫소리
가 흘러나오고 있었다. 민준이가 얼마나 오랫동안 노래를 했는지 채
연이는 모른다. 다만, 아침에 일어나니 배터리가 다 되었는지 핸드폰
이 꺼져 있었다.

민준이와 채연이는 반에서 공식 커플 2호가 되었다. 1호는 예은이
와 승준이였는데 얼마 전에 안 좋은 일로 헤어졌다. 민준이가 채연이
에게 얼마나 지극정성인지 지켜보는 아이들이 모두 혀를 내둘렀다.

아침마다 먹을 것을 책상 위에 올려 두는 것은 물론, 학원 갈 때 가
방도 들어다 주고, 학원 마치면 잠깐이라도 얼굴을 보겠다며 채연이
의 학원 앞에서 기다려 주고, 잠들 때까지 이야기를 들려주거나 노래
를 해 주는 민준이는 이 시대의 진정한 로맨티시스트였다.

채연이는 어떻게 이런 아이가 자신의 남자 친구가 되었는지 신기
하면서도 좋았다. 민준이는 초등학교 때부터 인기가 많아 따라다니는
여자애들이 많았다고 하는데, 채연이는 그렇게 인기 있는 편은 아니
었다. 키도 작고 눈에 띄게 예쁜 얼굴도 아니었다. 물론 하얀 피부 덕
에 피부미인이라는 소리는 많이 들었다. 공부는 곧잘 해서 선생님들
이 예뻐하시기는 했지만, 남자애들이 많이 따르거나 고백하진 않았
다. 어쩌면 채연이의 똑 부러지고 야무진 성격 때문에 남자애들이 어
려워서 감히 접근하지 못했는지도 모른다.

민준이는 세상을 다 가진 기분이었다. 천국이 있다면 바로 지금 천국에 있는 것이 아닐까 싶은 나날들이 이어지고 있었다. 아침에 눈을 뜨자마자 채연이에게 전화를 하면 잠에서 덜 깬 듯한 채연이의 나른한 목소리가 들렸다. 그 목소리마저 얼마나 감미롭게 들리는지 때로는 채연이가 잠이 깨지 않고 계속 그대로 자신을 불러 줬으면 싶은 마음이 들었다.

"이쁜아! 아직도 자? 일어나야지!"

"피~. 또 이쁜이래. 간지럽다니깐."

채연이는 잠결에도 간지럽다며 민준이의 애칭을 자꾸 거부했다. 하지만 민준이는 채연이를 '이쁜이'라는 말 외에는 어떻게 표현할 방법이 없었다. 뭘 해도 예쁘다. 머리끝부터 발끝까지 다 예뻐서, 날마다 예쁘다고 말해 줄 수 없으니 그냥 '이쁜이'라고 부르는 수밖에. 사실을 사실대로 부르는 건데 채연이는 뭐가 간지럽다고 그러는 건지 모르겠다. 어쨌거나 민준이에게 채연이는 세상의 전부다. 채연이를 통해서 세상을 보고, 채연이를 통해서 생각하고, 채연이를 통해서 행동한다. 민준이는 문득, 채연이도 자신과 같은지 궁금했다.

"채연아!"

"응?"

"있잖아."

"응."

"나한테는 네가 세상의 전부야."

"칫. 아침부터 또 왜 그래?"

"넌 안 그래?"

"나도 그래."

"진짜?"

민준이의 입꼬리가 올라갔다.

"응."

"그럼 됐어. 얼른 일어나서 준비해. 집 앞으로 데리러 갈게."

"응."

민준이는 거울 앞에서 한참 동안 서서 단장했다. 거울을 들여다보고 있노라니, 까만 피부도 맘에 안 들고, 유독 하얗게 반짝이는 치아도 거슬린다. 조금만 더 잘생겼더라면 얼마나 좋았을까 하는 생각이 든다. 하지만 아무렴 어떤가. 세상에서 가장 예쁜 채연이가 여자 친구인데. 머리를 매만지며 민준이는 또다시 웃었다. 요즘 들어 실없이 웃는 일이 많아졌다. 사랑의 또 다른 이름은 어쩌면 '웃음'이 아닐까 하는 생각이 들었다.

빠지다

  채연이와 함께 등교하기 위해 채연이네 집으로 향할 때면 콧노래가 절로 나왔다. 오늘은 또 어떤 모습으로 나올까, 어떤 이야기들을 주고받을까, 또 어떤 새로운 모습을 보게 될까 날마다 기대되고 설렜다. 늘 봐도 새롭고 알면 알수록 더 좋아지기만 해서 때로는 가슴이 철렁 내려앉곤 했다. 왜 좋아하면 좋아할수록 마음이 불안해지는 건지 도무지 알 수 없는 일이었다.

  이제 막 머리를 감고 나온 채연이에게서 샴푸 냄새가 풍겼다. 향기로운 샴푸 냄새에 민준이의 가슴이 두근거리기 시작했다. 채연이의 옆모습을 처다보며 걸으니 채연이가 마주 보고 씽긋 웃더니 말했다.

  "너, 그러다 넘어져."

  "그럼, 네가 잡아 주면 되지."

"아휴, 잡기도 전에 넘어지면?"

"뭐. 그럼, 네가 일으켜 세워 주면 되지!"

"알았어. 그래도 앞을 보고 걸어."

"나, 진짜 큰일 났다, 채연아."

"왜?"

채연이가 놀란 눈으로 민준이를 쳐다봤다.

"내가 너를 너무 좋아해서."

진지한 민준이의 말에 채연이가 가만히 앞을 보고 걸으며 물었다.

"그게 왜 큰일인데?"

"내 마음이 다 너한테 가 버려서, 내가 없어져 버린 것 같아."

"괜찮아. 내 마음은 다 너한테 있으니깐. 그럼 된 거 아냐?"

채연이의 말에 머뭇거리던 민준이가 조심스레 채연이의 손을 잡았다. 채연이도 민준이에게 잡힌 손에 힘을 주었다. 민준이의 얼굴에 미소가 피어오르는 것을 채연이는 알아채지 못했다.

민준이와 채연이는 쉬는 시간과 점심시간마다 만났다. 4층에서 5층으로 올라가는 계단이 둘의 데이트 장소였다. 인적이 드문 이 계단에 앉아 간식을 먹기도 하고 이런저런 이야기들을 하다 보면 쉬는 시간은 물론 점심시간도 눈 깜짝할 사이에 지나가곤 했다.

어쩌다 이동 수업을 하거나 숙제를 안 해 와서 쉬는 시간에 숙제를 해야 하는 일이 생기면 민준이는 어쩔 줄 몰라 했다. 같은 반이니 교실에서도 볼 수 있는데도 민준이는 채연이를 가까이에서 보고 싶었다. 마음 같아서는 교실에서도 채연이 옆에 있고 싶었지만, 채연이가 싫어하니 참고 있었다.

둘이 사귀는 걸 반 아이들은 물론 학년 아이들도 다 아는데, 왜 채연이는 교실에서 같이 있는 건 싫다고 하는 건지, 혹시 채연이가 민준이 자신을 부끄러워해서 그러는 건 아닐까 하는 생각이 들어서 때로는 마음이 시끄러워질 때도 있었다. 하지만 너무 티 내면서 사귀는 모습은 친구들 눈에 안 좋게 비칠 것 같아서 부담스럽다며 이해해 달라는 채연이의 말을 거절할 수가 없었다. 아! 채연이는 생각마저도 깊고 예쁜 아이였다. 이런 채연이를 너무 좋아하는 게 문제라면 문제였다.

시간이 흐를수록 민준이는 채연이가 더 좋아지기만 하는데, 채연이는 일정한 선을 그어 두고 딱 그만큼만 마음을 내주고 있는 것처럼 느껴져 민준이는 애가 닳았다. 옆에 있어도 계속 보고 싶고, 더 오래 함께 있고 싶은 마음 때문에 혹시라도 채연이가 다른 곳으로 갈까 봐 조바심을 내고 있는 자신이 바보처럼 느껴졌지만 어쩔 수 없었다.

이런 민준이를 보고 축구부 아이들은 채연이한테 푹 빠져서 정신을 못 차린다고 놀려 대곤 했지만, 놀림을 받더라도 상관없었다. 스스로 생각해도 제정신이 아닌 것 같다는 느낌을 받는 순간들이 있었기 때문이다. 온통 채연이 생각으로 머릿속이 꽉 차서 다른 건 생각하기도 힘들었고, 채연이가 눈에 보이지 않으면 핸드폰을 들고 있지 않은 것처럼 불안을 느끼기도 했다.

이런 마음을 채연이는 아는지 모르는지 언제나 편하게 자기 하고 싶은 대로 움직였다. 그런 모습을 보면 혹시 짝사랑을 하고 있는 건 아닌가 싶은 생각에 더 속상했다.

"채연아."

"응?"

"너는, 내가 안 보여도 궁금하지 않아?"

"왜? 궁금하지."

"진짜?"

"응."

"근데, 꼭 안 그런 것 같아서."

"아니야. 왜 그래?"

"내가 너를 너무 좋아해서 그런가 봐."

"칫. 나도 너 좋아하거든!"

채연이의 한마디에 구름이 잔뜩 끼어 있던 민준이의 마음에 햇살이 비쳤다.

"채연아. 너는, 나의 태양이야!"

"뭐야. 유치하게!"

채연이가 깔깔거리며 웃었다.

"유치하긴……. 사랑해!"

민준이가 정색하며, 채연이의 맑은 눈동자를 보고 말했다.

"나두."

"너도 뭘?"

"뭘이라니. 알면서."

"그러니깐. 알아도 듣고 싶어."

채연이가 민준이를 웃는 얼굴로 흘겨보더니 어쩔 수 없다는 듯 말했다.

"사랑해."

사랑한다는데, 뭐가 더 필요할까. 세상에서 제일 예쁜 채연이가 나를 사랑한다는데. 들을 때마다 가슴 벅찬 말이 이 말이 아닐까. 누가 이렇게 마법 같은 말을 만들어 내서 사람의 마음을 오락가락하게 만드는 걸까? 민준이는 채연이의 손을 잡아 만지작거리며 생각에 빠졌다.

'나를 사랑한다는 채연이의 저 예쁜 입술에 뽀뽀하면 채연이한테 맞겠지?'

"무슨 생각을 그렇게 해?"

채연이가 물었다.

"네가 너무 예쁘다는 생각."

"오늘 너 너무 느끼해. 알지?"

"왜. 느끼해서 싫어?"

"이젠 까칠해지려고?"

민준이는 화들짝 놀라 빛의 속도로 답했다.

"아니, 아니! 내가 설마. 너한테 까칠해지겠어?"

"근데 왜 그러는데?"

"나……. 너한테……. 아니야."

"무슨 말을 하려다 말아? 말해 봐."

예정이가 눈을 빠르게 깜빡거리며 말했다.

"아냐. 다음에."

"에이! 말해 보라니깐!"

채연이가 일어서려는 민준이의 손을 잡아 다시 자리에 앉혔다.

"후회할 텐데."

"무슨?"

고개를 갸우뚱하며 쳐다보고 있는 채연이의 얼굴을 향해 민준이가 가까이 다가갔다. 채연이는 저도 모르게 몸을 뒤로 뺐다. 눈이 마주치고 둘 다 멈칫하는 순간, 민준이가 채연이의 왼쪽 뺨에 뽀뽀했다. 채연이가 두 손을 뺨에 갖다 대고 고개를 숙였다. 민준이는 혹시 채연이가 화가 난 게 아닌가 싶어 고개를 옆으로 숙여 채연이를 올려 봤다.

"화났어?"

"……."

"화난 거야?"

민준이가 채연이의 얼굴을 두 손으로 잡아 고개를 들게 하는 순간, 채연이의 따뜻한 입술이 민준이의 오른쪽 뺨에서 느껴졌다. 민준이는 아찔해져서 저도 모르게 눈을 감고 말았다.

그날 이후 민준이는 펄펄 날아다녔다. 모든 아이들이 느낄 정도로 붕붕 떠다녔다.

"민준아! 너 요즘 진짜 신나 보여. 채연이랑 그렇게 잘돼 가?"

모둠활동을 하는데 현민이가 민준이에게 말을 걸었다. 모범생인 현민이가 아무래도 연애에 관심이 생겼거나, 누구를 좋아하고 있는 게 틀림없다. 그렇지 않으면 이렇게 궁금해할 리가 없다.

"현민아! 너, 누구 있지?"

갑자기 훅 들어온 질문에 현민이는 웃음을 못 참겠다는 듯 웃으면서 손사래를 치며 강하게 부인했다.

"아니야! 그냥, 네가 요즘 너무 행복해 보여서 물어본 거였어. 오해는 금물입니다!"

탐문수사라도 하듯 의혹이 가득한 눈빛으로 현민이를 쳐다보던 민준이가 말했다.

"내 눈은 못 속이는데! 너, 많이 수상해. 고민 있으면 나한테 다 말해."

"아니라니까, 생사람을 잡네!"

민준이는 당황하며 어쩔 줄 몰라하는 현민이를 놀리는 게 재미있어서 더 놀려 줄까 하다가 더 놀렸다가는 화나게 만들까 봐 참았다.

"행복해. 완전. 말해 줘도 아마 모를걸? 경험해 봐야 아는 거야. 이런 감정은."

꿈에 빠진 듯 허공을 응시하다 눈을 감는 민준이를 보며 현민이는 고개를 절레절레 흔들었다.

"채연아! 민준이 요즘 왜 저래?"

눈웃음이 매력적인 세리가 의미심장하게 웃으며 채연이에게 물었다. 채연이는 그저 씩 웃기만 했다. 이성에게 이렇게 사랑을 받아 본 적이 없었던 채연이는 민준이가 자신에게 하는 행동들이 재미있고 신기하면서도 고마웠다. 남자애들은 애정 표현을 잘 못 한다던데 표현도 잘하고, 섬세하게 챙겨 주고, 그러면서도 남자애들과 어울릴 때는 또 얼마나 남자다운지 남자 친구 하나는 정말 잘 뒀다는 생각이 들었다.

초등학교 다닐 때부터 민준이에게 관심 있던 여자애들이 민준이가 예쁘지도 않은 애랑 사귄다며 뒷말을 하고 다닌다는 이야기가 채연이의 귀에까지 들어왔으나 채연이는 별로 신경 쓰지 않았다. 그 아이들이 얼마나 부러웠으면 그런 이야기를 하고 다닐까 하며 잠깐 생각하다 잊어버렸다. 안 좋은 이야기는 한쪽 귀로 듣고 한쪽 귀로 흘려버리는 게 최고다.

날마다 같은 일상이 반복되었다. 민준이의 모닝콜, 손잡고 함께 등교하고 쉬는 시간과 점심시간의 계단 데이트. 그리고 학원 마치고 집에 돌아와 씻고, 잠들기 전까지의 통화. 시간이 흘러도 채연이에 대한 민준이의 마음은 마르지 않는 샘물처럼 계속되었지만, 채연이는 조금씩 조금씩 숨통이 조여 오는 것 같은 답답함을 느꼈다.

항상 민준이와 함께하다 보니 문제가 생겼다. 예은이와도 더 친해지고 싶었고, 또 채연이와 친하게 지내고 싶어 하는 다른 친구들과도 어울리고 싶었지만, 그 친구들과 교감할 시간이 절대적으로 부족했다. 그러다 보니 모둠활동을 할 때나 화장실을 갈 때 편하게 같이할 만한 여자 친구가 없었다. 때때로 민준이와 마음이 살짝 어긋나서 속상할 때도 같이 흉보면서 나눌 만한 친구가 없다는 게 점점 더 크게 다가왔다.

채연이는 결심했다. 쉬는 시간만큼이라도 여자 친구들과 시간을 보내면서 친해져야겠다고 말이다. 조심스레 민준이에게 이야기했다.

"민준아! 우리, 쉬는 시간에는 각자 생활하고 점심시간에만 만나는 게 어떨까?"

민준이의 표정이 금세 어두워졌다.

"왜 그래? 무슨 일 있어?"

"음. 나는 너도 소중한데, 여자애들과도 친하게 잘 지내고 싶어. 너와 있지 않은 순간에는 외톨이가 된 기분이 들어서 슬퍼. 그래서 쉬는 시간만큼이라도 여자애들과 어울리고 싶어서 그래."

"그럼 나랑 계속 함께 있으면 되잖아."

"내 말은 그게 아니잖아. 여자들끼리 통하는 이야기가 있어. 생각해봐. 너도 승준이랑 붙어 다녔잖아. 근데 지금은 어때? 너, 점심시간 축구도 잘 안 하잖아. 그치? 축구부 애들이 너 보고 뭐라고 안 해? 남자들끼리의 우정이 있고, 여자들끼리의 우정도 있어. 근데 너랑 나랑 사귀면서 우리 둘만 있으니깐 외딴섬에 우리만 멀리 떨어져 있는 것 같아서 그래."

"그래. 무슨 말인지 알았어. 대신, 점심시간은 꼭 만나기야. 그리고……."

"응. 그리고?"

"나한테서 멀어지지 않기! 네 마음 말이야."

"피~. 알았어. 걱정하지 마."

민준이가 싫다고 할 줄 알았는데 의외로 쉽게 오케이 해서 채연이는 마음이 한결 가벼워졌다.

하지만 민준이는 마음이 무거워졌다. 채연이가 삐칠까 봐 채연이의 말대로 하자고 하긴 했지만, 그동안 같이 시간 보내는 걸 그렇게 좋아하던 채연이가 갑자기 쉬는 시간은 따로 보내자고 하는 게 아무래도 이상했다. 혹시 나한테 질린 건 아닐까, 마음이 변하고 있는 건 아닐까, 다른 아이가 마음에 들어온 건 아닐까 온갖 생각이 머릿속을 헤집고 돌아다니는 통에 수업에 집중하지 못했다.

그렇지 않아도 요즘 영우가 채연이와 부쩍 친하게 지내는 게 눈에 띄어 거슬리던 참이었다. 하필 영우와 채연이가 짝이 될 건 또 뭐란 말인가. 그런데 민준이는 어떻게 몇 달 동안 채연이와 한 번도 짝이 된 적이 없는지 이상하기 짝이 없다. 아무래도 담임이 일부러 떼어 놓는 게 틀림없는 것 같다는 생각이 들었다.

영우가 채연이와 짝이 되던 날, 숨기려 애쓰고 있으나 감춰지지 않는 미소를 띠며 채연이를 바라보던 영우의 눈빛을 보고 말았다.

'아니, 저 자식이! 어디 감히!'

핏기라고는 하나도 없이 하얗기만 해서 금방이라도 쓰러질 것처럼 생긴 주제에 어디서 채연이를 저렇게 쳐다보나 싶어 민준이의 가슴에서 불꽃이 튀었다. 하지만 그런 이야기를 채연이에게 할 순 없었다. 다만 영우에게 넌지시 이야기했다.

"야, 채연이랑 너무 친하게 지내지 마. 괜한 오해받는 건 너도 싫지?"

"어? 어."

영우는 떨떠름한 표정으로 대답했다.

열병을 앓다

그 후로 민준이는 채연이의 주위를 살피기 시작했다. 한 걸음 떨어져서 바라보니 채연이가 달리 보였다. 가까이에서 볼 때도 예뻤지만 멀리서 보니 더 예뻤다. 친구들과 이야기하면서 머리카락을 뒤로 쓸어 넘기는 모습이라든지, 뭔가에 집중할 때 오른쪽 손으로 턱을 받치고 입술을 깨무는 모습도, 그 하얀 손으로 노트에 필기하는 모습도 모두 다 사랑스러웠다.

쉬는 시간이면 창가에 서서 채연이를 지켜보느라 시간이 금세 지나갔다. 그러던 중 채연이 곁을 맴도는 게 영우뿐만이 아니라는 것을 알게 되었다. 성진이도 채연이 주변을 맴돌고 있었다. 채연이의 바로 뒤에 앉은 성진이는 종종 채연이의 머리카락을 잡아당기기도 하고, 머리카락을 잡아 코끝에 대고 냄새를 맡기도 했다. 민준이는 피가 거

꾸로 솟는 것만 같았다. 남친이 눈앞에 버젓이 있는데 저 녀석들은 무슨 생각으로 저런 행동을 하는지 이해가 안 됐다. 당장이라도 데리고 나가서 주먹을 날리고 싶은 마음이 굴뚝같았지만 참아야 했다. 체면이 있지. 여친 때문에 친구들한테 주먹다짐이나 하는 남자로 보이고 싶지 않았다. 대신 하교하는 길에 영우와 성진이를 불러 햄버거 가게로 갔다.

"내가 이런 얘기까진 하기 싫은데……."

민준이가 햄버거를 먹으며 뒷말을 잇지 않으니, 영우와 성진이가 민준이의 눈치를 살폈다.

"왜? 무슨 일 있어?"

긴장이 되는지 성진이가 오른손으로 곱슬머리를 매만지며 물었다. 영우는 조용히 콜라를 들이켜고 있었다.

"너희가 채연이를 좋아하는 것 같아서, 지켜보는데 기분이 썩 좋진 않더라고."

"나는 원래 채연이랑 친했어. 어렸을 때부터. 그냥 친한 거야."

영우가 먼저 말했다.

"나도 그냥 친구로 좋은 거야. 오해하지 마."

성진이도 늦을세라 바로 말했다.

"그래. 알아. 아는데, 그래도 남친 앞에서 너희가 너무 가까이 지내니깐 내가 마음이 불편해서 말이야. 조금만 자제해 주는 게 어떨까?"

"어. 그래야지."

"그럼."

영우와 성진이는 약속이나 한 듯, 민준이의 말에 약속했다. 괜히 민준이와 사이가 틀어져서 좋을 건 하나도 없었다. 남자애들 사이에서도 인기가 많고 선배들에게도 인정받고 선생님들께도 칭찬만 받는 민준이인데, 괜히 밉보였다가 학교생활이 피곤해질 수도 있었다.

어쩔 수 없이 약속을 하면서도 영우는 마음속에서 화가 치밀어 올랐다. 아무리 남친이 있다 해도 그냥 속으로 좋아하는 것도 죄가 되나 싶었다. 어떻게 사람이 사람을 좋아하는데 그 마음까지 저렇게 막으려고 하는지, 민준이 녀석 하는 짓이 얄밉기 짝이 없었다. 하지만 민준이보다 힘도 약하고 잘하는 것이 하나도 없으니 대놓고 나설 수도 없는 일이다. 그게 더 속상했다.

성진이는 영우도 자신처럼 채연이에게 관심을 보이고 있었다는 사실을 알고 속으로 깜짝 놀랐다. 그리고 자신과 영우의 마음을 알아차린 민준이가 두려워졌다. 티를 내지 않았던 것 같은데 어떻게 알았을까. 성진이는 앞으로 더 조심해야겠다고 생각했다.

시간이 흐를수록 민준이는 채연이가 자신에게서 자꾸만 벗어나려고 하는 것처럼 느껴졌다. 학원 앞에서 기다리는 것도 싫다고 하고, 새벽까지 통화하며 즐거운 시간을 보내곤 했는데 그마저도 피곤하다면서 일찍 끊으려고 하는 기색을 보였다. 채연이가 그럴수록 민준이의 마음은 더 간절해졌다. 더 오랫동안 목소리를 듣고 싶고, 더 오래 함께 있고 싶고, 더 오랫동안 채연이의 맑은 눈동자를 들여다보고 싶었다. 그런데 채연이는 왜 그러는 걸까? 마음이 변한 걸까? 권태기인가 뭐 그런 게 온 건가? 민준이는 머리가 터질 듯 괴로웠다.

"채연아."

"응?"

"자?"

"아니."

"목소리가 자는 것 같은데?"

"안 자. 피곤해서 그래. 얘기해."

"난, 네가 너무 좋은데, 너는 내가 이제 지겨워?"

"휴~."

"왜 한숨을?"

"아냐. 안 지겨워. 좋아."

"근데 왜 그래?"

"나도 네가 좋은데, 자꾸만 네가 확인하고, 불안해하고 그러는 게 싫어."

"내가. 싫어?"

"그 말이 아니잖아. 네가 확인하고 그러는 모습이 싫다고. 너 안 그랬잖아. 왜 그러는데?"

"네가 변해 가는 것 같아서 그래. 나는 그대로인데 네 마음은 자꾸 멀리 달려가는 것 같아. 나는 아직 우리가 시작할 때 그 출발점에서 설레면서 서 있는데 너는 벌써 저기로 가서 안 보이는 것 같다고."

"왜 그렇게 느끼는데?"

"그렇잖아. 요즘. 같이 있는 시간도 조금밖에 없고, 통화 시간도 짧고……."

"아니야. 난 그대로야 민준아. 나는 내 생활도 하면서 너랑 사귀고 싶어. 너도 그랬음 좋겠고."

"나는 네가 내 생활이야. 너랑 모든 걸 함께하고 싶다고."

"……."

"너는 그게 싫어?"

"난, 그렇게 하긴 싫어. 너를 좋아하지 않아서가 아니라, 나도 친구들과 어울리면서 학교생활 하고 싶다고. 응?"

"그래……."

민준이는 더 이상 대화의 진척이 없자 시무룩해졌다.

"너, 또 화난 거 아니지?"

채연이가 물었다.

"응. 내가 뭐 화만 내는 사람인 줄 알아? 아니야. 피곤할 텐데 얼른 자."

"그래. 잘 자! 내일 봐."

채연이는 두 번 묻지도 않고 바로 전화를 끊어 버렸다. 민준이는 침대에 벌렁 누워 천장을 쳐다봤다. 채연이의 웃는 얼굴이 비쳤다. 그리고 채연이를 바라보는 영우와 성진이의 눈빛도 그려졌다. 갑자기 또

화가 치밀어 올랐다. 혹시 채연이의 마음이 영우에게로 간 건 아닐까, 아니면 성진이를 좋아하게 된 건 아닐까, 마음속에서 온갖 생각들이 서로 다투었다. 오늘 밤도 쉽게 잠들긴 글렀다. 사랑이 이렇게 괴로운 일인 줄 알았더라면 시작도 하지 말 걸 그랬나 보다. 아니다. 그래도 채연이와 사귀게 된 건 너무 행복한 일이다. 그 생각을 하니 우울함으로 출렁거리던 마음이 조금은 잔잔해졌다.

"어제 왜 전화 안 받았어?"

민준이는 계단에 앉아 있는 채연이를 향해 다그치듯 물었다. 채연이가 운동하느라, 혹은 씻느라 전화 온 줄 몰랐다거나 혹은 무음이라서 전화 온 줄 모르고 피곤해서 잠들어 버렸다는 핑계로 전화를 안 받은 게 벌써 몇 번째인지 모른다. 이런 일이 계속되다 보니 민준이의 마음속에서 의심의 구름이 뭉게뭉게 피어오르는 건 당연한 일일지도 모른다. 그런데 채연이는 오히려 왜 전화 한 번 안 받는 걸로 자꾸 다그치냐며 화를 냈다. 민준이는 속이 터질 지경이었다.

"아니, 핸드폰을 늘 손에 쥐고 있는 것도 아니고 못 받을 수도 있고, 피곤하면 잠들 수도 있지. 계속 핸드폰만 들여다보고 있어야 해?"

"그래도. 지금까진 자주 통화하고 그랬잖아. 왜 갑자기 전화를 못 받는 상황들이 많아진 건데?"

"이제 우리 편하잖아. 그러니깐 조금 더 편하게 지내도 되지 않아? 난 네가 너무 연락에 집착하는 것 같아서 답답해."

민준이는 채연이가 집착한다는 말에 가슴이 아려 왔다. 집착이라니. 그저 좋아서, 함께하고 싶어서 그런 건데 어떻게 집착이라는 표현을 하지?

"내가 집착한다고?"

"그렇잖아! 학교에서 만날 얼굴 보고, 점심때 데이트하고 그럼 되지. 자기 전에 간단하게 인사하고. 각자 생활이 있는데. 안 그래? 나 스케줄 빡빡한 거 알면서 왜 그래? 체력도 안 따라 주고 피곤하단 말이야."

"나랑 통화하고 그러는 게 너는 피곤했구나."

민준이는 온몸에서 힘이 빠져나가는 걸 느꼈다. 민준이의 처진 모습을 보며 채연이는 한숨을 푹 내쉬며 말했다.

"민준아."

민준이는 계단에 앉아 있는 채연이를 마주 보고 서서 채연이의 발끝을 쳐다본 채 아무 말도 하지 않았다. 채연이가 다시 민준이를 불렀다.

"민준아!"

"응."

"우리."

민준이는 갑자기 심장 박동이 빨라지는 걸 느꼈다. '우리'라는 단어가 그리 기분 좋게 들리지 않았다. 평소라면 마냥 좋게만 들릴 단어인데 지금 이 상황에서는 왜 이토록 불길하게 들리는 걸까.

"우리 있잖아."

"말하지 마."

본능적으로 민준이는 채연이의 말을 막았다. 하지만 채연이는 말을 이어 나갔다.

"우리, 헤어지자."

"아니야. 안 돼. 왜 헤어져? 난 아직도 너를 이렇게 좋아하는데, 왜? 안 돼!"

민준이는 채연이 앞에 무릎을 꿇고 채연이의 두 손을 맞잡았다. 하지만 채연이는 평소와 달리 차가운 태도로 말했다.

"아무리 생각해도 나는 네 마음을 다 받을 만큼 마음이 크지 않나 봐. 나는 아직 내가 더 중요하고 내 일이 더 먼저라서 자꾸만 너를 서운하게 하고 속상하게 만드는 것 같아. 그래서 자꾸 내가 너한테 나쁜 애가 되는 것 같아서 슬퍼. 이제 그만하고 싶어."

"그게 무슨 말이야! 말도 안 돼! 괜찮아. 아니야. 괜찮아. 내가 미안해. 전화 자주 안 받아도 돼. 괜찮아. 내가 참을게. 전화하고 싶어도 조금 참고, 더 이해할게. 응? 방금 한 말은 없던 걸로 해 줘. 제발. 응?"

"미안해. 진짜 미안한데, 헤어지자."

채연이는 자리에서 일어나더니 계단을 뛰어 내려갔다. 민준이는 정신없이 채연이의 뒤를 쫓아 내려갔다.

"채연아!"

"오지 마!"

"채연아! 제발!"

채연이의 뒷모습을 보며 뛰어가는 민준이의 뺨에 눈물이 흘러내렸다. 지나가는 아이들이 힐긋거리며 쳐다봤다. 채연이는 교실로 재빨리 들어가 버렸다. 민준이는 눈물이 범벅이 되어 어디로 가야 할지 막막해져서 창밖을 내다보며 복도에 서 있었다. 벌써 점심시간이 끝나고 5교시 시작종이 울렸다. 밖에서 놀던 아이들이 우르르 교실로 몰려 들어갔다. 민준이는 교무실로 향했다.

"선생님!"

자리에 앉아 컴퓨터를 들여다보고 계시던 담임 샘이 민준이를 쳐다봤다.

"5교시 종 쳤는데 왜 교실에 안 들어가고?"

"저……. 잠깐만요."

민준이의 눈을 쳐다본 담임 샘이 뭔가 이상한 낌새를 눈치챘는지 빠르게 답했다.

"면담? 오케이!"

담임 샘은 종이컵에 뭔가를 따라서 민준이에게 건네주시며 교무실 옆 상담실로 가자고 하셨다.

"아이스티야. 마셔!"

민준이는 내키지 않았지만 한 모금 마셨다. 입안에 달콤하면서 새콤한 맛이 퍼졌다.

"저, 조퇴 좀 시켜 주세요."

"조퇴? 왜?"

갑자기 가슴이 들썩거리기 시작하더니 눌러 왔던 울음이 터져 나왔다.

"아이쿠. 우리 민준이가 무슨 일 있구나?"

담임 샘이 고개를 왼쪽으로 젖혀 민준이의 얼굴을 들여다보며 화장지를 건네주셨다.

"네. 저. 조……. 퇴. 좀……."

울지 않으려 마음을 굳게 먹어도 터져 나오는 눈물 때문에 말을 잇기 힘들었다.

"음. 무슨 일인지 샘이 알면 안 될까? 혹시 채연이랑 관련된 거야?"

우는 와중에도 담임 샘은 정말 귀신같다고 생각하며 민준이는 고개를 끄덕였다.

"채연이가 헤어지자고 했어?"

멈추지 않는 눈물을 손으로 훔쳐 내며 대답했다.

"네."

"에휴~ 우리 민준이가 열병을 앓는구나. 근데, 조퇴하려면 엄마 허락을 받아야 할 것 같은데 괜찮겠어?"

"……."

생각해 보니 엄마는 지금 일하고 계실 텐데 채연이랑 깨져서 조퇴한다고 하면 어이없어 하실 게 뻔하다. 그렇다고 이 상태로 교실에 갈 수도 없는데 어떡하면 좋을지 난감하기 짝이 없었다. 어디론가 이대로 증발해 버리고 싶은 마음뿐이었다.

"마음 가라앉을 때까지 여기에서 책 좀 읽고 있을래?"

민준이는 고개를 끄덕였다. 교무실에 잠깐 다녀온 선생님이 책을 주셨다. 제목이 '첫사랑'이었다. 아니 지금 뭐 하시는 거지? 마음 아파 죽겠는데 아픈 상처에 소금이라도 뿌리시려는 걸까? 어쨌든 교실엔 들어가기 힘든 상황이니 책을 받아 들고 펼쳤다. 글씨가 눈앞에서 춤을 추었다. 춤을 추던 글씨들이 모여 채연이의 웃는 얼굴을 만들었다 사라졌다. 채연이의 말이 진심일까. 정말 두 번 다시 기회는 없는 걸까. 민준이는 지옥은 사후세계라고 생각했는데 그 생각이 틀렸다는 걸 깨달았다. 채연이로부터 이별 통보를 받은 순간부터 민준이는 이미 지옥을 경험하고 있었다.

민준이는 상담실에서 시간을 보낸 후, 아이들이 모두 하교하고 난 뒤 교실에 가서 가방을 챙겨서 나왔다. 채연이의 책상을 바라보기만 해도 눈물이 흘러나왔다. 채연이의 목소리가 정말 간절하게 듣고 싶었다. 부드러우면서 높은 톤의 밝고 통통 튀는 목소리. 다정하고 따뜻한 목소리. 전화를 걸고 싶었지만 학원에 있을 시간이었다. 학원으로 바로 가도 이미 늦은 시간이었지만, 민준이의 발걸음은 채연이의 학원을 향했다. 학원이 바로 보이는 건너편 공원의 벤치에 멍하니 앉아 있었다. 지나다니는 사람들은 어쩜 저렇게 행복하게 보이는 걸까. 아리고 아픈 마음이 몸의 구석구석으로 퍼져 나가는 걸 느끼며 벤치에서 이대로 쓰러져 죽고 싶다고 생각했다. 그러면, 채연이가 발견하고 슬퍼해 주지 않을까. 나랑 헤어진 걸 후회하진 않을까. 그런 생각을 하다가 정말 죽기라도 한 것처럼 슬퍼져서 소리 내어 울었다. 부끄럼도 창피함도 아무것도 아니었다. 채연이가 날 얼마나 좋아했을까. 나 때문에 채연이도 아플까 하는 생각을 하며 꺼이꺼이 울었다. 지나가던 아주머니가 다가와 말을 걸었다.

"학생! 무슨 일 있어요? 어디 아파요?"

"아니에요. 그냥 모르는 척해 주세요."

민준이는 아주머니의 얼굴도 보지 않고 말했다. 아주머니는 안타깝다는 듯 한숨을 내쉬더니 또각또각 구두 굽 소리를 내며 멀어져 갔다. 잠시 후 머리 위에서 인기척이 들리더니 누군가 물었다.

"너, 민준이 아니야?"

고개를 들어 쳐다보니 현민이였다.

"어? 어."

현민이는 가방을 벤치에 내려놓고 민준이 옆에 앉았다.

"무슨 일 있었어? 아까 수업 시간에도 안 보이던데."

"나, 헤어졌어."

이 말을 하는데 민준이의 입가에서 실없는 웃음이 피식 새어 나왔다. 이 웃음은 뭘까. 포기의 웃음일까 절망의 웃음일까.

"진짜? 채연이가 헤어지자고 해?"

걱정이 잔뜩 담긴 목소리로 현민이가 물었다.

"응. 나 어떡하냐. 이대로 못 살 것 같은데."

"아우. 진짜. 어떡하냐. 슬프겠다."

덩달아 울 것 같은 얼굴로 말하는 현민이의 말에 잦아들던 눈물이 다시 쏟아져 나올 것만 같았다.

"현민아, 미안한데, 나 혼자 있고 싶다."

"괜찮겠어?"

"응. 내일 보자."

"그래. 그럼 난 가 볼게."

가방을 메고도 한참 동안 어정쩡하게 서서 민준이를 지켜보던 현민이는 터덕터덕 발소리를 내며 멀어져 갔다.

시간이 얼마나 흘렀을까. 학원이 끝났는지 아이들이 우르르 몰려나왔다. 어두운 밤, 비슷비슷한 교복을 입은 아이들의 무리 속에서도 채연이는 하얗게 빛났다. 친구들과 인사를 하며 헤어져 혼자 걸어가던 채연이가 벤치에 앉아 있는 민준이를 먼저 발견하고선 멈칫했다.

"야! 너 지금, 여기서 뭐 해?"

민준이는 고개를 숙인 채 아무 말도 하지 않았다.

"학원도 안 가고 여태 여기에서 있었던 거야?"

채연이가 민준이의 옆에 앉았다. 민준이의 눈에서 다시 눈물이 솟기 시작했다. 채연이 앞에서 약한 모습은 보이기 싫었는데 마음을 아무리 다잡아도 소용이 없다.

"민준아. 네가 이러면……. 내가 너무 미안해지잖아. 이러지 마. 응? 집에 가자."

"미안하면……."

"……."

"미안하면, 우리 그냥 계속 만나면 되잖아. 응? 채연아. 미안해. 미안한 건 나야. 오늘 계속 생각해 봤는데, 네가 정말 힘들었을 것 같아. 진짜로 다시는 너를 힘들게 하고 귀찮게 하지 않을게. 제발 우리 헤어지지 말자. 응?"

"……."

민준이는 무릎 위에 놓여 있는 채연이의 손을 끌어와 잡았다.

"네가 무릎 꿇고 사과하라고 하면 그렇게 할게. 내가 각서라도 쓸까? 응? 제발, 채연아. 난 너 없으면 안 되는 거 알잖아. 한 번만 기회를 줘."

채연이는 민준이를 쳐다보며 두 눈을 질끈 감더니, 이내 다시 눈을 뜨고선 말했다.

"진짜로, 약속할 수 있어?"

눈물로 가득 차 꽉 막혀 있던 민준이의 가슴이 조금씩 트이기 시작했다.

"응! 당연하지! 네가 하라는 대로 다 할게. 진짜로 약속! 네 시간 많이 뺏지도 않고, 질투도 안 할게. 정말이야."

"피~. 말로만 그렇게 하고 또다시 그러면 국물도 없어!"

채연이가 민준이를 흘겨보며 말했다. 민준이는 기쁨으로 가슴이 벅차올랐다. 채연이와 처음 사귀게 되었던 날보다 더 행복했다.

"우와!"

두 주먹을 불끈 쥐고 소리 지르는 민준이를 보고 채연이가 배시시 웃었다. 민준이는 채연이 손을 잡고 일어났다.

"나도 헤어지자고 말해 놓고, 너무 힘들었어. 네가 수업도 안 들어오고 사라져서 얼마나 걱정한 줄이나 알아?"

"나는 오늘 지옥에 다녀왔어. 근데 지금은 또 천국이네?"

히죽거리며 좋아서 어쩔 줄 몰라 하는 민준이를 보며 채연이가 고개를 가로저었다.

"넌 도대체 내가 어디가 그렇게 좋니?"

"어디가 좋긴! 다 좋은걸. 그걸 꼭 말로 해야 알아?"

"아무튼. 약속이나 잘 지켜~!"

민준이는 지옥을 빠져나와 천국으로 가는 길을 걷는 듯한 기쁨에 가슴이 벅차올랐다. 채연이의 부드러운 손을 잡고 걸을 수 있고, 계단에 나란히 앉아 이런저런 얘기를 다정하게 속삭일 수도 있고, 잠들기 전 노래를 불러 줄 수도 있다. "잘자!"라고 말하는 부드럽고 고운 채연이의 목소리도 들을 수 있다. 이런 것들만 생각해도 가슴이 뻐근하도록 행복해졌다.

바보같이 왜 질투에 사로잡혀서 채연이를 힘들게 했는지 스스로 생각해도 한심하기 짝이 없었다. 하지만 그건 모두 다 채연이를 너무 좋아해서 생긴 일이었다. 채연이를 좋아하면 좋아할수록 채연이의 모든 걸 혼자 차지하고 싶은 욕심이 자꾸만 올라왔다. 마음이 욕심으로 가득 차게 되면 불안과 초조와 분노가 쏟아져 나온다는 사실을 그땐 잘 몰랐다. 이제는 알게 되었으니 채연이의 모든 걸 가지려고 욕심을 부려서는 안 되겠다고 생각했다. 하지만 생각한다고 될지는 모르겠다. 마음먹은 대로 다 실천했다면 이미 전교 1등을 하고도 남았을 테니.

채연이와 함께해서 날마다 행복했지만 날마다 불행했다. 거리를 둔다는 게 이렇게 어려운 일일 줄은 몰랐다. 다른 남자애들과 어울리면서 깔깔거리고 웃는 채연이를 보며 참는 일은 고통 그 자체였다. 하루에도 몇 번씩 마음속에서 화산처럼 뜨거운 무언가가 솟구치려 했다. 그러다 결국, 또 싸움이 시작되고 말았다.

조별 역사탐방이 화근이었다. 조를 나누었는데 앉은 자리에서 대충 짜다 보니 채연이가 영우, 성진이와 같은 조가 되었다. 그것까지는 이해할 수 있었다. 그런데 조별로 역사탐방을 갈 장소를 계획하는데, 버스로 세 시간도 넘게 걸리는 지역을 선택했다는 것이다. 우리 지역에서도 갈 만한 곳은 얼마든지 많은데 그렇게 먼 곳으로 정한 이유는 영우와 성진이가 채연이와 오랫동안 함께 있고 싶어서라는 게 딱 읽혔다.

"채연아. 이건 아니지."

"뭐가 아닌데?"

"너무 멀리 가잖아. 그러면 토요일 아침에 갔다가 밤이나 돼서 올 텐데, 굳이 그렇게 멀리까지 갈 필요가 있어? 애들한테 가까운 데로 가자고 해. 다시 정해."

"싫어. 나도 거기 가 보고 싶었던 곳이야. 내 일에 너무 깊이 신경 쓰는 거, 싫다고 분명히 말했잖아."

"그래. 그래서 이해하려고 했어. 그래서 그동안 계속 참고 있었던 거고. 근데 이번엔 못 참겠어. 거기 가는 건 아닌 것 같아."

"왜 아닌데? 내가 괜찮다는데."

"너는 정말 내가 왜 싫어하는지 몰라서 그래?"

채연이는 정말 모르겠다는 듯 민준이를 빤히 쳐다봤다.

"도대체 뭐가 문제야?"

"휴~."

민준이는 영우 이름이 입술 앞까지 나오려는 걸 겨우 참았다.

"뭐가 문제냐고! 왜 자꾸 이러는데?"

"네가 그걸 모르면 안 되지! 너 은근히 즐기고 있는 거 아냐?"

민준이는 이러면 안 된다고 생각하면서도 자신도 모르게 목소리를 높여, 해서는 안 될 말을 입 밖으로 내뱉고 말았다.

"야! 내가 즐기다니 뭘 즐겨?"

"영우랑 성진이! 너 좋아해서 계속 이상한 눈빛 보내고 하는 거. 넌 다 알고 있잖아! 그러면서 즐기고 있는 거잖아. 아니야?"

민준이는 저도 모르게 두 주먹을 불끈 쥐고 말했다. 차가운 눈초리로 민준이를 바라보던 채연이가 몇 초간 아무 말도 하지 않았다. 민준이는 아차 싶었지만, 때는 이미 늦었다.

"야. 유민준. 진짜 실망이야. 너랑 진짜 끝이야. 연락하지 마."

채연이는 벤치에서 일어나 가방을 메고선 달리기 시작했다. 갑작스러운 채연이의 이별 통보에 민준이는 얼떨떨해졌다.

"채연아! 야! 이야기는 하고 가야지. 그렇게 가면 어떡해!"

뛰어가던 채연이가 뒤를 돌아보며 울먹이는 목소리로 소리쳤다.

"야! 이 나쁜 놈아! 너 따라오기만 해 봐. 신고해 버릴 거야!"

정신없이 채연이를 따라가던 민준이는 저도 모르게 그 자리에 멈춰 서고 말았다. 채연이는 수북하게 쌓인 낙엽들을 재빠르게 밟으며 멀어져 갔다. 채연이가 밟는 낙엽들이 꼭 민준이 자신처럼 느껴져서 서글펐다. 바짝 마른 낙엽처럼 바싹 타들어 가는 민준이의 마음을 몰라주고 저렇게 가 버리다니. 민준이는 밟혀서 부서지는 낙엽처럼 자신도 부서져서 없어졌으면 하는 마음으로 채연이의 뒷모습을 바라만 보고 있었다.

★ 세 번째 이야기 ★

온도 차이

급할수록 돌아가기

세리는 교복을 입고 거울 앞에 서서 이리저리 몸을 돌려 가며 교복 맵시를 살폈다. 몸에 꼭 맞게 수선한 교복이 마치 오래전부터 입었던 것처럼 몸에 착 붙어 마치 교복 모델이 입은 것처럼 예쁘다.

'음. 이 정도면 됐어.'

흡족한 미소를 지으며 가방을 메고 집을 나섰다. 드디어 중학교에 입학한다는 사실에 설레면서도 걱정이 되어 친구들과 밤늦게까지 카톡을 주고받느라 잠을 제대로 못 잤더니 머리는 아직 잠이 덜 깼는지 멍했다. 집을 나오자마자 핸드폰 진동이 울렸다.

"응. 나야."

연우였다.

"왜 안 와?"

"가고 있어. 미안!"

학교 근처 편의점에서 만나 같이 가기로 해 놓고 거울을 보느라 시간을 너무 낭비했나 보다. 연우가 기다리고 있을 것을 생각하니 마음이 급해져 뛰기 시작했다. 아직은 쌀쌀한 아침 공기가 얼굴을 감싸는 느낌이 상쾌하게 느껴져 기분이 좋았다. 얼마쯤 뛰었을까, "투루룩!" 하고 뭔가 떨어지는 소리가 나서 뒤를 돌아보니 핸드폰이 바닥에 떨어져 있었다.

"으악! 내 핸드폰!"

액정이 깨졌으면 어떡하나 걱정하면서 달려가 핸드폰을 집으려고 몸을 숙이는데, 세리보다 먼저 핸드폰을 집어 드는 손이 있었다. 세리는 고개를 들어 상대를 보았다. 같은 학교 교복을 입은, 안경을 쓴 남학생이 세리에게 핸드폰을 내밀었다. 핸드폰을 건네받는 세리의 심장이 대책 없이 쿵쾅거리기 시작했다.

"아! 저…… 고맙습니다."

"아니에요."

아니라는 말 한마디를 하고 지나치는 남학생의 뒷모습을 세리는 멍하게 바라보았다. 조금 전엔 당황해서 몰랐는데 큰 키에 훈훈한 얼굴. 완전 멋있다. 꺄~악! 번호라도 어떻게 좀 달라고 해 보는 건데. 멍하게 서 있던 세리는 다시 빠른 걸음으로 남학생의 뒤를 따라 걷기 시작했다. 키가 커서 그런지 발걸음도 빨랐다. 몇 학년일까? 선배일까? 여친은 있을까? 온갖 생각들이 꼬리에 꼬리를 물고 따라다녔다.

뭐에 홀리기라도 한 듯 남학생의 뒤를 따라 걷고 있는데 어디선가 세리를 부르는 소리가 들렸다.

"야! 오세리! 너 어디 가?"

뒤를 돌아보니 편의점 앞에서 연우가 씩씩거리고 있었다.

"어? 아. 맞다. 미안. 내가 늦어서 뛰어오는 바람에 정신이 없었어."

"입학 첫날부터 왜 그래? 정신줄 놓으면 안 돼. 정신 차려!"

연우와 얘기하면서도 세리의 시선은 남학생을 향하고 있었다. 연우가 세리의 옆구리를 팔꿈치로 찌르며 물었다.

"야! 어딜 보는 거야?"

"대박 사건이야. 나, 지금. 완전 심쿵."

뾰로퉁해 있던 연우가 호기심 가득한 눈으로 세리를 쳐다보며 물었다.

"무슨 사건인데? 뭐야? 빨리 말해 봐!"

세리는 방금 일어난 일을 연우에게 말했다. 연우는 그런 이야기를 왜 이제야 하냐며 세리의 손을 잡아끌고 달리기 시작했다.

"왜? 왜 뛰는데?"

"야, 몇 학년인지는 알아야 할 거 아냐. 안 그래?"

"어쩌려고?"

"따라가 보면 알겠지, 뭐."

남학생은 중앙 현관 앞으로 가더니 현관문에 붙어 있는 반 배정표를 살펴보고선 계단으로 올라갔다.

"언제까지 따라갈 거야? 우리도 몇 반인지 확인하고 교실로 가야 하잖아."

세리는 따라가는 걸 들킬까 봐 가슴이 조마조마했다.

"어디로 가는지만 보고 내려와서 확인하면 돼. 아직 시간 많아."

연우는 총총거리는 걸음으로 계단을 빠르게 올라가면서 세리에게 얼른 오라며 재촉하는 손짓을 했다. 남학생은 3층까지 올라가더니 중앙에 서서 좌우로 살펴보다가 오른쪽으로 갔다. 마치 범인을 쫓는 형사라도 되는 듯 연우와 세리는 발소리를 죽여 가며 남학생의 뒤를 따랐다. 남학생이 들어간 곳은 1학년 3반 교실이었다. 세상에! 저렇게 큰 아이가 1학년이라니 믿기지 않았다.

"야! 대박! 1학년이었어!"

연우가 세리의 얼굴을 보며 신나서 속삭였다.

"그러게. 어떡하면 좋아. 얼른 가서 우리도 몇 반인지 보자!"

계단을 내려가는 세리의 발걸음이 빨라졌다. 한꺼번에 두 계단씩 내려가는 세리를 보고 연우가 뒤에서 키득거렸다.

"야! 좀 천천히 가. 그렇게 궁금해?"

"응. 완전 궁금해. 같은 반이면 좋겠다!"

중앙 현관에는 반을 확인하려는 아이들로 북적거렸다. 한 무리의 아이들이 반이 흩어졌는지 시무룩한 표정을 지으며 서로의 어깨를 다독이고 있었다. 세리와 연우도 반을 확인하기 시작했다. 세리는 3반을 먼저 보기 시작했다.

'3반. 오. 오. 오. 세. 리.'

"예!!!!!!!!"

세리가 소리를 지르며 팔짝팔짝 뛰었다.

"뭐야? 응? 너 있어?"

연우도 덩달아 신나서 물었다.

"응."

"나는?"

"응?"

세리는 연우를 멀뚱멀뚱 쳐다봤다.

"너! 정말 남자 때문에 이러기야? 나랑 같은 반 안 되어도 된다는
거야?"

"앗! 미안, 미안. 얼른 찾아보자. 어디에 있지? 어디 보자……."

"됐어! 난 5반이야."

"진짜? 어떡해. 같은 반이면 좋았을 텐데. 잉……."

연우는 어이없다는 듯 세리를 쳐다보더니 앞서서 걷기 시작했다.
세리는 연우에게 다가가 팔짱을 끼며 말했다.

"왜 그래? 그래도 얼마나 다행이야. 반이 가까이 있어서. 응? 내가
쉬는 시간마다 너 만나러 갈게."

"피~."

"진짜. 약속!"

삐친 척하던 연우가 씩 웃더니, 세리에게 물었다.

"너, 아까 걔랑 어떻게 할 거야?"

"뭘 어떻게 해? 여친이 있는지도 모르고, 어떤 애인지도 모르는데."

"그럼. 그냥 포기?"

"그건 아니지. 일단 지켜보고……."

세리의 가슴이 다시 뛰기 시작했다. 교실에 갈 걸 생각하니 다리가 갑자기 후들거리는 것 같았다.

"그래. 암튼, 무슨 일 있으면 바로 나한테 얘기해 줘. 알았지?"

"당연하지!"

연우와 헤어져 교실로 가는데, 심장 뛰는 소리가 발소리보다 더 크게 들렸다. 뒷문을 열고 조심스레 교실 안을 살폈다. 몇몇 아이들이 힐끗거리며 세리를 쳐다봤다. 다들 첫날이라 긴장되는지 교실은 조용했다. 어디에 앉아야 할지 머뭇거리며 주변을 둘러보다 복도 창가 쪽 자리에 앉아 있던 그 아이와 눈이 마주쳤다. 미소를 지어야 하나, 아까 고마웠다고 아는 체해야 하나, 그냥 도도하게 모르는 체해야 하나 갈팡질팡하는 사이 그 아이는 금세 다른 곳으로 시선을 돌려 버렸다.

'칫. 나한테 관심 없나 봐.'

세리는 마음속으로 실망하며 칠판에 붙은 자리표를 확인하고 자신의 자리에 가서 앉았다. 옆줄에 앉은 아이가 세리에게 눈인사를 하며 미소 지었다. 세리도 마주 보고 웃어 주었다.

중학교는 다르긴 달랐다. 입학식만 하고 금방 끝날 줄 알았는데, 첫날부터 수업을 끝까지 하다니. 종례를 할 즈음엔 피곤해서 하품이 절로 나왔다. 고개를 슬쩍 돌려 그 아이를 쳐다봤다. 피곤하지도 않은지 온종일 저렇게 허리를 꼿꼿이 세우고 바른 자세로 앉아서 선생님의 말씀을 하나라도 놓치지 않겠다는 태도로 선생님을 바라보았다.

오늘의 가장 큰 수확이라면 그 아이의 이름을 알아낸 일이다. 담임 선생님 수업 시간에 돌아가면서 자기소개를 했다. 초등학생도 아니고 중학생인데 자기소개라니! 아이들도 세리와 같은 마음이었는지 모두 먹기 싫은 음식을 억지로 입에 넣고 삼키지 못하고 있는 듯한 표정을 지었다. 드디어 세리의 차례가 왔다. 아무렇지도 않을 것 같았는데 막상 자리에서 일어나니 입술에 경련이 일면서 떨렸다. 다 들어가는 목소리로 겨우 이름만 말하고 자리에 앉았는데 얼마나 부끄럽던지 얼굴이 홍당무가 되어 버렸다.

그 아이는 자리에서 일어나더니 자신감이 넘치는 목소리로 이름을 말했다. 정현민. 아! 이름까지 이렇게 멋있어도 되는 건가. 세리는 저도 모르게 두 손으로 턱을 받치고 현민이를 흐뭇하게 바라보며 미소 짓다 누가 볼까 봐 깜짝 놀라며 시선을 돌렸다.

드디어 긴장되었던 하루가 끝났다. 집에 가도 좋다는 담임 샘의 말씀에 아이들은 조용하면서도 신속하게 밖으로 나가더니 복도에서 왁자지껄 떠들기 시작했다. 세리도 서둘러 밖으로 나가 연우네 반 앞으로 갔다.

"야! 빨리 끝났네?"

"응."

"걔 어땠어?"

연우가 세리의 팔짱을 끼면서 물었다.

"칫. 하루 보고 어떻게 알아? 오늘은 겨우 이름만 알아냈어."

"그래? 이름이 뭔데?"

"정현민."

"정현민이라. 오케이! 내가 또 정보망을 펼쳐 봐야겠군."

"진짜?"

"당연하지! 한눈에 뿅 간 남자가 생겼다는데 당연히 알아봐 줘야지!"

세리는 연우를 꽉 껴안으며 말했다.

"역시, 우리 연우가 최고야!"

"이럴 때만?"

"히힛! 떡볶이 먹으러 가자!"

"그래!"

연우와 떡볶이를 먹고 집에 들어온 세리는 침대에 몸을 던지듯 누웠다. 오늘 하루의 일이 눈앞에서 다시 펼쳐졌다. 집을 나서던 순간부터 핸드폰을 떨어뜨리던 순간, 그리고 핸드폰을 건네받던 장면을 몇 번이나 되풀이해서 떠올렸다. 현민이와 눈이 마주쳤던 그 순간. 짜릿하면서 심장이 무너지는 것 같았던 그런 기분은 난생처음이었다. 설레서 가슴이 터질 것만 같은데, 한편으로는 가슴이 아린 느낌은 무엇 때문인지 아무리 생각해도 모르겠다. 그런데 운명처럼 같은 반이 되다니! 아무리 생각해도 이건 그동안 외롭게 살아온 자신에게 하늘이 내려 준 선물이 아닐까 하는 생각이 들었다.

머릿속에서 계속 현민이의 옆모습이 떠올랐다. 빈틈없이 바른 자세로 앉아서 칠판을 바라보던 그 반듯한 옆모습. 같은 나이라고 믿기지 않을 만큼 든든하고 믿음직스러웠다. 제발, 부디, 꼭, 여친이 없기를 마음속으로 간절하게 바라보았지만 저렇게 훤칠하고 멋진 아이가 혼자일 리가 없다. 세리는 괜히 쓰려 오는 마음을 다독이며 옷을 갈아입고 저녁을 준비했다.

쌀을 씻어서 밥을 하고, 계란을 풀어 소시지를 부치는데 아빠가 들어오셨다.

"밥하니?"

"네."

"오늘 학교는 어땠어?"

"재밌었어요. 완전!"

"그래? 다행이네. 씻고 나올게."

이제는 익숙해질 법도 한데, 아빠와 둘이 마주 앉은 식탁은 아직도 허전하기만 하다. 엄마가 갑작스럽게 하늘나라로 간 후, 아빠는 엄마의 빈자리가 느껴지지 않도록 세리에게 더 신경을 썼지만, 세리는 엄마가 보고 싶어도 보고 싶다고 말하지 못했고, 외로워도 외롭다고 말하지 못했다. 세리가 보기에 세상에서 가장 외롭고 슬픈 사람은 아빠

였기 때문이다. 그래서 세리는 아빠 앞에서만큼은 그 누구보다 밝고 씩씩한 딸이 되고 싶었다.

"친구는 좀 사귀었어?"

"아니요. 이제 첫날인걸요. 곧 사귀겠죠."

"그래. 좋은 친구들 많이 만나면 좋겠다."

"그럴 거예요. 걱정 붙들어 매세요!"

"그래도 우리 딸, 아직 남자 친구는 안 된다. 알았지?"

"피~ 아빠는 또 그 소리! 알았어요!"

방에 들어와 음악을 크게 틀어 놓고 친구들 페북을 구경했다. 하나 같이 새로운 반, 새로운 담임, 새로운 친구들 이야기로 떠들어 대는 걸 보니, 다들 긴장 가득한 중학생 첫날을 보냈나 보다. 페북을 하다 보니, 현민이 페북을 찾아봐야겠다는 생각이 들었다. 바보같이 왜 아직까지 그걸 생각하지 못했을까! 혼자 머리를 쥐어박으며 검색창에 이름을 입력하려는 순간, 연우에게 전화가 왔다.

"있지. 말해 줄까, 말까? 응? 말해 줘, 말아?"

"다짜고짜 그게 무슨 말인데?"

"너~ 알면 완전 좋아할 텐데!"

"뭔데?"

"현민이 얘긴데!!"

현민이 이야기라는 소리에 온몸이 귀가 되어 쫑긋 솟는 것 같았다.

"야! 빨리 말해 줘야지, 그걸 뭘 물어봐?"

"아~ 갑자기 말하기 싫은데?"

"왜 그래~! 맛있는 거 사 줄게. 말해 봐. 응?"

"칫! 맛있는 건 무슨 맛있는 거야? 내가 맛있는 거에 넘어갈 줄 알아? 당연히 넘어가지. 헤헤~! 내가 현민이 정보를 입수했다는 거 아니겠어? 움하하하하!"

"진짜?"

"응."

"무슨 정보?"

"정현민 여친에 관한 정보!"

세리의 심장이 덜컥. 바닥으로 떨어져 구르는 소리가 들리는 듯했지만 애써 덤덤한 척하며 물었다.

"여친 있는 거지? 그래. 없을 리가 없지. 있을 것 같았어."

세리의 말에 연우가 갑자기 웃으며 말했다.

"야! 오세리! 너 진짜 현민이한테 뽕 갔구나? 이렇게 실망하는 거 처음 보는데?"

"왜 그래? 내가 무슨 실망을 했다고."

"네 목소리가 울기 직전이야. 근데 울지 마. 여친이 있었는데 헤어진 지 몇 달 됐대."

나락으로 떨어지던 세리의 마음이 다시 솜사탕처럼 보송보송 부풀어 올랐다.

"진짜? 우와!! 근데, 전 여친은 어떤 애였대? 완전 예쁜 애였던 거아냐?"

"아니야. 현민이가 얼굴을 따지고 그런 건 아닌 것 같아. 그냥 작고 귀여운 애였대."

"……."

작고 귀여운 아이가 전 여친이었다는 말에 세리는 자신감이 뚝 떨어졌다.

"왜 말이 없어?"

"나는 하나도 안 귀여워."

"왜 그렇게 생각해? 야! 너 애들이 귀엽다고 좋아하잖아! 그리고 귀여운 걸 이기는 게 예쁜 거야! 넌 예쁘니까 괜찮아!"

"피~. 넌 내 친구니깐 그렇지. 객관적으로 봐 봐. 현민이하고 나하고 어울릴 것 같아?"

"어울려! 완전 어울리니깐 걱정하지 말고, 어떻게 친해질 건지 그것만 생각해. 오케이?"

"휴~. 오케이."

"내일 봐. 알았지? 근데, 나 왜 이렇게 신나냐?"

"신나긴~! 나는 심란한데."

"심란할 게 뭐가 있어? 용기 있는 자가 훈남을 차지하는 거야!"

"그건 또 무슨 소리래?"

"연우 님의 명언이야! 꼭 기억해! 굿나잇!"

"그래. 굿나잇! 고마워~!"

세리는 부풀어 오른 심장 때문에 잠을 이루기 힘들었다. 빨리 날이 밝았으면, 그래서 현민이를 봤으면 하는 마음뿐이었다. 고백할까 말까. 고백했다가 차이면 어떡하나. 고백하지 않고 그냥 짝사랑만 하는 건 어떨까. 그러다가 현민이에게 여친이 생겨 버리면? 그걸 바라볼 자신이 있나, 없나. 밤새 이런저런 경우의 수를 두고 고민하며 뒤척이다 새벽녘에야 겨우 잠이 들었다.

늦게 잠든 탓에 아침은 빨리 왔다. 알람 소리에 괴로워하다가 현민이를 볼 수 있다는 생각에 달떠서 용수철 튕기듯 침대에서 벌떡 일어나 앉았다. 사랑의 힘은 위대했다. 그토록 무서운 잠을 이기다니!

연우와 상의한 결과, 일단은 천천히 지켜보기로 했다. 아무리 생각해도 얼굴 본 지 하루밖에 안 됐는데 고백하는 건 너무 오버다. 좋은 건 좋은 거지만, 급해서 좋을 일은 없다. 급할수록 돌아가라는 속담이 왜 나왔겠는가! 이런 상황을 미리 겪어 본 선조들이 실수하지 말라고 가르침을 준 것이 아니겠는가 말이다.

쪽지 고백

벌써 입학한 지 석 달이 지났다. 그 사이에 반 아이들과는 거의 다 친해졌다. 하지만 현민이와는 많이 친해지지 못했다. 현민이 앞에 서면 마음을 들킬까 봐 일부러 먼발치에서 바라보기만 했다. 그런데 현민이도 세리에게 적극적으로 다가오지 않았다. 성격이 그렇게 외향적이지 않아서 여자애들에게 먼저 다가가서 친하게 어울리는 성격은 아니었지만, 때로 자신을 싫어해서 그러는 건 아닌가 하는 생각이 들 때면 세리의 마음은 한없이 가라앉았다.

그러던 어느 날! 같은 반 친구 지윤이가 현민이에게 조만간 고백할 거라는 소문이 돌았다. 선비 같은 현민이가 지윤이의 고백을 받을 것인가 받지 않을 것인가가 세리네 반의 초미의 관심사가 되었다. 물론 이 사실을 모르고 있는 사람은 딱 한 명, 바로 현민이었다. 세리는 이

소식을 접하자마자 연우에게 달려갔다. 세리의 이야기를 다 들은 연우가 말했다.

"고백하자. 오늘."

"오늘? 갑자기?"

"응. 너, 현민이가 지윤이 고백을 받아들여서 사귀게 되면 그냥 지켜볼 자신 있어?"

"아니."

"없지?"

"응. 힘들 것 같아."

"그러니깐. 고백해. 네가 먼저."

"……."

세리가 고개를 숙이고 아무 말도 하지 않자 연우가 물었다.

"무슨 생각해? 고민돼?"

"응. 지윤이가 어떻게 생각할지 걱정돼서."

"저번에 내가 한 말, 기억 안 나?"

"용감한 자가 훈남을 차지한다?"

"그래."

연우가 씨익 웃으며 세리를 쳐다봤다. 세리는 연우를 향해 고개를 끄덕였다.

'그래. 해 보는 거야. 거절당하면 어때. 내 마음을 솔직하게 표현한 건데. 괜찮아. 할 수 있어, 오세리!'

"그래. 고백할래."

세리의 말에 연우가 세리의 등을 토닥이며 말했다.

"멋지다! 내 친구!"

"근데 말야. 어떻게 고백하지?"

"페메나 카톡으로 해!"

연우의 말에 세리는 커다란 눈을 끔뻑이며 연우를 쳐다봤다.

"왜? 문제 있어?"

연우가 물었다.

"현민이, 핸드폰 없어."

"으악! 뭐라고? 이 시대에! 핸드폰이 없다고? 이게 말이 돼?"

"말이 안 되는데, 말이 돼. 핸드폰 없대."

"맙소사! 그럼 얘는 어떻게 연락해?"

"애들 말로는 집으로 전화한대."

"오. 마이. 갓! 얘는 진짜 조선 시대 선비인 게 틀림없어. 와~! 뭐야 얘는?"

"공부에 집중한다고 핸드폰 안 쓴대."

"맙소사! 이건 정말 말이 안 돼!"

핸드폰이 제2의 몸인 연우는 이해하지 못하는 게 당연했다.

"어떡해?"

연우가 혼자 키득거리더니 말했다.

"붓글씨로 사귀자고 고백하는 글을 써서 교실 문에 걸어~!"

"야! 뭐야. 난 심각하다고."

세리가 연우를 흘겨보며 말했다.

"진짜 천연기념물이다. 존경한다고 꼭 좀 전해 줘. 흠. 그나저나, 그럼 어떻게 고백하지?"

"쪽지 써야겠다. 아무리 생각해도 말로는 못 할 것 같아."

"그래. 쪽지 써서 책상 속이나 필통 뭐 그런 데 넣어 둬."

"알았어. 근데 나 너무 떨려. 어떡해."

연우는 강아지 눈망울을 하고 쳐다보는 세리의 머리를 쓰다듬으며 말했다.

"괜찮아. 인생은 원래, 도전하고 실패도 해 보고 그러면서 사는 거야."

"피. 뭐래니? 나 간다~!"

세리는 교실로 돌아와 가방에서 핑크색 포스트잇을 꺼냈다. 누가 보는 건 아닌지 주위를 둘러보다가 모두 이야기하고 노느라 아무도 신경 쓰지 않고 있는 걸 확인하고선 쪽지를 썼다.

▽ 현민아. 나, 너 좋아해. 우리. ……사귀지 않을래?

여기까지 쓰고 나니 온몸에 닭살이 이는 것 같아 두 손으로 양쪽 팔을 비볐다. 그런데 이렇게만 쓰면 현민이가 답을 할 방법이 없어 보였다. 내친김에 아래에 더 적었다.

◈ 내 마음과 같다면, 연락해 줘.
내 번호는 010-XXXX-XXXX.

이제 이 쪽지를 현민이에게 건네는 일만 남았는데, 아이들이 너무 많았다. 아무도 모르게 현민이의 가방이나 책상 속, 혹은 필통에 넣는 건 불가능해 보였다. 오늘 전하지 않으면 월요일까지 기다려야 하는데, 그건 좀 위험하다. 주말에 지윤이가 고백이라도 해 버리면, 그래서 둘이 사귀기라도 하게 되면……. 그건 정말이지 생각만 해도 괴롭기 짝이 없다.

한쪽 팔을 쭉 뻗어 베고, 현민이 쪽을 보며 누워서 아이들의 움직임을 살피다 보니 화장실이 가고 싶어졌다. 혹시라도 누가 볼까 봐 쪽지를 손에 꼭 쥐고 화장실에 갔다 오는데, 하늘이 돕고 있는 게 분명했다. 맞은편에서 현민이가 혼자 걸어오고 있었다. 게다가 복도에 아이들도 별로 없었다. 교실을 향해 걷는 세리의 발걸음이 갑자기 빨라졌다. 그리고 걸음보다 심장은 몇 배나 더 빨리 뛰고 있는 게 느껴졌다.

세리는 손에 쥐고 있는 쪽지에 힘을 주며 고개를 숙이고 걸었다. 그리고 현민이와 거의 마주치게 된 순간 걸음을 멈추었다. 지나가려던 현민이가 무슨 일이 있나 싶었는지 의아한 눈빛으로 세리를 쳐다봤다. 세리는 손에 꼭 쥐고 있어 땀에 젖은 쪽지를 현민이의 오른손에 턴

지듯 건넸다. 현민이가 물음표 가득한 얼굴로 무슨 말인가 하려고 입을 떼는 순간, 세리는 아무 일도 없었다는 듯 종종걸음으로 교실로 돌아왔다. 혹시라도 현민이가 따라와서 이게 뭐냐고 물을까 봐 겁이 났지만 신중한 현민이가 그럴 리는 없을 거라는 믿음이 있었다.

교실에 오자마자 자리에 앉아 책상에 엎드렸다. 쿵쾅거리는 심장이 책상으로 뛰어나올 것만 같았다. 얼굴이 발갛게 달아올라 있다는 건 거울을 보지 않아도 충분히 알 수 있었다. 현민이는 지금쯤 쪽지를 읽고 있을까? 무슨 생각을 하고 있을까? 걱정도 되고, 한편으로는 이제 돌이킬 수 없는 일이 되었으니 시원하기도 했다. 이제 주사위는 던져졌고, 후회는 없다. 아니다. 갑자기 후회가 막 밀려오려고 한다. 그냥 혼자 좋아할 걸, 괜히 고백한 건 아닐까? 지금이라도 가서 장난이었다고 말하고 쪽지를 빼앗아 올까? 아니야. 잘한 거다. 언제까지 혼자서 가슴앓이를 하고 있을 순 없다. 그래. 잘했다 오세리. 어떤 답이 오더라도 실망하지 말자. 용감했으니깐 된 거야.

세리는 마음속으로 주문을 외우듯 잘했다고 스스로를 칭찬했다. 엄마가 이 장면을 봤다면 아마 똑같이 말했을 거다.

"잘했어, 잘했어!"

엄마는 세리가 무엇을 하든지 칭찬해 줬다. 처음으로 원피스 뒤 지퍼를 낑낑대며 혼자 올렸던 날도 그랬고, 혼자 머리를 빗었을 때도 그랬다. 신발 끈을 리본 모양으로 혼자 묶었던 날도 그랬다. 세리가 새로운 걸 시도하면 가만히 지켜보다가 환하게 웃으면서 양손의 엄지손가락을 세우고선 마치 대단한 일이라도 해낸 것처럼 잘했다는 말을 연속으로 두 번씩 말했던 장면이 아직도 생생하게 떠오른다.

그렇게 사소한 것도 칭찬해 줬는데, 좋아하는 아이한테 고백하는 걸 엄마가 봤다면 얼마나 놀라워했을까? 어쩌면 두 엄지손가락으로 모자라서 어디에서 확성기라도 가져와서 우리 딸 장하다고 했을지도 모른다. 그러고도 남았을 거다. 엄마라면. 지금껏 살아오면서 가장 설레고 긴장되고 걱정되는 이 순간. 엄마가 보고 싶다.

'엄마! 내 맘 알지?'

엄마 생각을 하다 보니 긴장되었던 마음이 차분해졌다. 교실이 너무 조용해졌다 싶어서 고개를 들어보니 어느새 선생님이 들어와 계셨다. 현민이도 자기 자리에 앉아 있다. 여전히 바른 모습으로.

"야! 대박! 너, 진짜! 아우, 씨! 멋져! 친구야!"

집에 가면서, 쪽지를 건넨 이야기를 하자 연우는 호들갑을 떨며 세리를 껴안고 난리였다.

"멋지긴 뭐가 멋져?"

"야, 말이니깐 그렇지. 그렇게 딱~! 얼굴 보고 쪽지 건네는 걸 아무나 할 수 있는 건 아니야. 너나 되니깐 한 거지. 아휴. 난 못 해 못 해."

"못 하긴~! 네가 더 잘하게 생겼거든!"

"내가 말이 많아서 그렇지, 실전에는 약하잖아. 암튼, 그런 의미에서 넌 진짜 용감해! 칭찬한다, 친구야!"

"피~."

"그나저나, 언제쯤 연락이 올까? 나 궁금해서 잠이 안 올 것 같은데?"

"웃겨 정말. 잠은 내가 안 오지 왜 네가 안 와?"

"야! 그렇게 말하면 이 절친 님 섭하지! 네 일이 곧 내 일이고, 내 일이 곧 네 일 아니었어?"

"맞아. 미안해~! 나도 사실은 긴장돼서 그래. 힝~ 연락 안 오면 어떡해? 나 전학 가야 할까 봐."

"뭐? 전학이라니! 고백했다가 차였다고 전학 가면, 학교에 남는 애들이 몇이나 되겠니?"

"에이, 뭐 고백을 그렇게 많이 하겠어?"

연우는 갑자기 목소리를 낮추어 속삭이듯 말했다.

"모르긴 몰라도, 많이 할걸?"

"그럴까?"

"그렇다니깐! 그러니깐 혹시나! 만에 하나라도 연락이 안 와도 너무 실망하지 마. 알겠지?"

마치 엄마가 아이를 다독이듯 말하는 연우의 태도에 세리는 갑자기 웃음이 났다.

"알았어. 걱정하지 마세요. 꼭 엄마처럼 구네."

"야, 내가 너랑 나이는 같지만, 실은 네 엄마란다. 딸아."

"얘가 뭐라는 거야."

세리는 연우의 팔을 가볍게 꼬집으며 웃었다.

연우는 세리의 절친이다. 연우가 없었다면 힘들었던 그 시간을 어떻게 견뎌 왔을지 감히 상상조차 되지 않는다. 엄마가 돌아가신 걸 그 누구에게도 알리고 싶지 않았던 초등학교 4학년 그때. 연우의 엄마와 세리의 엄마가 친했던 사이라 연우는 세리에게 일어난 일을 자연스럽게 알게 되었다. 어린 나이였기에 철없이 친구들에게 이야기할 수도 있었을 텐데 연우는 아무 말 없이 오랜 시간 그저 묵묵히 세리 옆을 지켜 줬다. 세리가 울 때 같이 울어 주었고, 세리가 웃으면 함께 웃어 주었다. 연우는 엄마가 떠나면서 세리에게 보내 준 선물이었다.

"새벽이라도 꼭 톡 해야 해. 그런 역사적인 순간을 내가 가장 먼저 전해 듣고 싶어. 알았지?"

"알았으니깐, 걱정 붙들어 매고 얼른 가~!"

연우에게 담담한 척했지만, 막상 집에 들어온 세리는 안절부절못했다. 핸드폰을 들여다보고 있어도 시간은 안 가고, 가슴은 조마조마해서 거실로 나가 TV를 켰다. 평소 TV를 잘 보지 않으니 재미있는 프로도 없었다. 아무 채널이나 틀어 놓고 멍하게 앉아 있다 보니 마치 인형이 된 듯한 느낌이 들었다. 이렇게 시간만 보내는 것보다 씻는 게 나을 것 같아 씻으러 가려다 다시 자리에 앉았다. 혹시라도 씻는 중에 전화가 와서 못 받게 될까 걱정되었기 때문이다.

8시가 조금 넘어 핸드폰 벨이 울렸다. 드디어 전화가 오는 건가 싶어 두근거리는 마음으로 핸드폰을 보니 아빠였다.

"뭐 하고 있어?"

"응. 그냥 있어요."

"저녁은?"

"아빠 오면 같이 먹으려고 기다리고 있어요."

"세리야~! 아빠가 오늘 많이 늦을 것 같으니까 먼저 저녁 먹고 자고 있어, 알았지? 미안해."

"아니에요. 걱정하지 말고 일하고 오세요."

"그래. 근데, 너 무슨 일 있어?"

"아니요. 왜요?"

"목소리가 어째 힘이 하나도 없어 보이는데?"

"아니에요. 그럼 먼저 저녁 먹을게요."

"그래~!"

세리는 전화를 끊고도 한참 동안 핸드폰을 들여다봤다. 아빠한테 전화가 온 걸 보면 핸드폰이 고장 난 건 아닌데, 아직 전화가 오지 않는 걸 보면 아무래도 퇴짜를 맞은 게 틀림없다. 그렇게 생각하니 가슴이 싸하게 아픈데, 가슴이 아프건 말건 상관도 없다는 듯 배에서 꼬르륵거리는 소리가 났다. 이렇게 꿀꿀하고 마음 아플 땐 매운 게 최고지! 세리는 주방으로 가서 매운 라면을 꺼냈다. 물이 끓자 스프를 넣고, 면을 넣고, 달걀은 풀지 않고 살포시 넣었다. 마지막으로 파도 송

송 썰어 넣고, 매운 고추도 조금 썰어 넣었다. 맵고 뜨거운 걸 먹으며 땀 흘리면서 울고 나면 기분이 조금은 나아지지 않을까 싶었다.

아니나 다를까, 맵고 뜨거운 걸 먹으니 정신이 없었다. 몇 젓가락 먹지 않았을 뿐인데 입안에서 불이 난 것처럼 화끈거렸다. 물을 마셔도 매운맛이 가시지 않아 냉장고에서 우유를 꺼내 컵에 따르고 있는데 거실에서 핸드폰 벨소리가 들렸다. 번개같이 달려갔다. 낯선 번호였다. 핸드폰 번호가 아니라 일반 전화번호다.

'설마? 혹시?'

두근거리는 마음으로 전화를 받았다.

"여보세요?"

"여보세요? 세리니?"

으아악. 세리는 다리에 힘이 풀려 그대로 주저앉고 말았다. 현민이었다.

"응~."

"나, 현민이."

"어. 알아."

"뭐 하고 있었어?"

"나? 음. 그냥 있었어."

"내가 너무 늦은 시간에 전화했나?"

"이? 이냐, 이냐! 괜찮이."

잠깐 어색한 침묵이 흘렀다. 무슨 말이든 해야 할 것 같은데 떨려서 어떤 말도 생각나지 않았다. 현민이가 다시 말했다.

"오늘 쪽지, 잘 받았어."

"어…… 당황했지?"

"응. 조금."

현민이는 미소를 머금은 목소리로 말했다.

"어떻게 쪽지를 쓸 생각을 했어?"

현민이가 물었다.

"너 핸드폰 없다고 하길래. 고민하다가…….."

"그랬구나. 고마워. 용기가 필요한 일이었을 텐데. 용기 내 줘서."

'뭐야, 뭐야, 그럼 지금 좋다는 거야 뭐야?'

세리는 가슴이 벌렁거려서 숨쉬기가 힘들었다. 어서 현민이가 확실한 답을 해 주었으면 하는 생각만 가득했다.

"아니야. 쪽지를 주고 나서, 혹시 부담이 되었을까 봐 좀 걱정됐어."

"아냐! 부담이라니. 정말 좋았어. 우리, 내일 만날래?"

'꺄악! 이게 꿈이야 생시야! 좋았대! 분명히 좋았다고 말했어!'

세리는 마음속으로 소리를 질렀다. 하지만 애써 침착한 척하며 대답했다.

"응. 좋아."

"그래. 그럼 점심 먹고 2시쯤 동네 카페에서 볼까?"

"어? 응. 그래."

"그래. 내일 보자. 잘 자!"

"응. 너도 잘 자!"

"……."

"……."

둘 다 서로가 먼저 끊길 기다리고 있었다. 세리는 이 전화가 내일까지 끊기지 않았으면 싶었다. 현민이가 말했다.

"먼저 끊어."

세리가 말했다.

"아냐, 네가 먼저 끊어."

현민이가 웃으며 말했다.

"아냐. 네가 먼저 끊어."

아쉬움을 애써 숨기며 세리가 말했다.

"그래. 안녕!"

전화를 끊자마자 세리는 소리를 지르며 소파에 올라가 뛰었다.

"이~ 얏~ 호!!!!"

"와~우!!!"

땀이 나도록 뛰다 보니, 현민이에게 연락이 오면 빨리 알려 달라고 신신당부했던 연우가 생각났다. 연우는 마치 자기가 고백이라도 받은 것처럼 핸드폰 너머에서 소리를 지르고 야단이 났다. 연우의 반응을 보니 세리는 현민이가 자신의 고백을 받아들였다는 게 그제야 실감이 났다. 내일 만나게 되면 더 실감이 나겠지. 내일 오후 2시까지 어떻게 기다리나. 긴긴밤이 벌써 걱정되었다. 연우는 이런 세리의 마음을 읽기라도 한 듯, 일찍 자야 피부가 좋다며 얼른 자라고 채근했다.

연우와 통화를 마치고, 내일 입고 나갈 옷을 선택해 놓은 후 침대에 누웠다. 오늘 하루는, 정말 길고 의미 깊은 날이었다. 처음으로 용기를 내 보았던 날, 그리고 간절한 기다림이 있었던 날, 마침내 답을 받은 날. 이 모든 게 단 하루 만에 일어났다니 마치 기적처럼 느껴졌다. 오늘 일어난 일들을 다시 떠올리다 보니 가슴이 벅차올랐다. 세리는 오랫동안 하지 않았던 기도를 하는 자신을 발견했다.

'이렇게 설레고 행복하고 좋은 날 주셔서 감사해요, 하느님.'

짧은 기도를 마치기도 전에 눈물이 또르르 흘러 눈가를 적셨다.

1시 50분에 카페에 도착했는데, 현민이도 벌써 와 있었다. 망고주스와 아이스티를 시켜 놓고 마주 앉았다. 마주 앉아 있는 것만으로도 얼마나 긴장이 되는지 손바닥에 땀이 차기 시작했다. 눈을 어디에 둬야 할지 몰라 쩔쩔매고 있으니, 현민이가 웃으며 말했다.

"더워?"

"응? 아니."

"땀을 흘리는 것 같아서."

"아냐."

아이스티를 한 모금 들이켠 현민이가 말을 꺼냈다.

"네 쪽지 받고, 나 진짜, 설렜어."

세리는 저도 모르게 함빡 웃으며 물었다.

"네가 설렜다고?"

"응. 사실, 나도 너한테 관심이 있었는데, 친해질 계기도 없었고, 네가 나한테 관심도 없는 것 같고 그래서 그냥 지켜만 보고 있었거든."

"진짜? 나한테 관심이 있었다고?"

"응. 너한테 관심 있는 남자애들 꽤 있는데, 몰랐어?"

"에이, 무슨 말이야. 말도 안 돼."

"어? 안 믿네? 아무튼, 그래서 네 쪽지 받고 나 소리 지를 뻔했어."

이렇게 점잖은 아이가 소리를 지르다니 상상이 되지 않아 세리는 웃음을 터트리고 말았다.

"왜 웃어?"

"아니. 네가 소리를 지르면 어떻게 지를까 궁금해서. 소리도 되게 바르고 착하게 지를 것 같아서."

"에이, 왜 그래. 나도 소리도 지르고 그래."

"정말?"

"정말이지."

"너, 별명이 모범생, 선비인 건 알고 있지?"

세리의 말에 현민이가 머리를 긁적이며 말했다.

"나 그렇게 모범생 아닌데, 애들이 날 잘 몰라서 그래."

"완전 바른생활 사나이라고 하던데?"

"아니야. 차차 알게 될 거야."

"궁금하다. 네 진짜 모습."

"나도, 궁금해. 네가."

둘은 마주 보고 웃었다.

　잠깐 이야기한 것 같았는데 세 시간이 금세 지나갔다. 가까이에서
보니, 멀리서 보던 것보다 더 멋있게 느껴졌다. 그윽하고 부드러운 중
저음의 목소리며 다정하게 들어주는 태도, 미소 띤 얼굴. 헤어지는 게
아쉬워 머뭇거리고 있는데, 현민이도 같은 마음이었을까? 집까지 바
래다준다는 현민이의 말에 세리는 심장이 말랑말랑해지다 못해 녹아
내리는 것만 같았다. 어떻게 집 앞까지 왔는지 기억조차 나지 않았다.
빵집이며 과일가게, 편의점들을 언제 건너뛰고 벌써 집 앞에 도착한
건지, 마치 현민이와 함께 순간이동을 한 것처럼 느껴졌다.

"잘 들어가! 오늘 즐거웠어."

"응. 너도 잘 가!"

세리가 손을 흔드니, 현민이도 따라 손을 흔들며 웃었다.

"집에 도착하면, 전화해 줄 수 있어?"

"당연하지! 전화할게."

"응."

　세리는 현민이가 뒤돌아서 가는 뒷모습을 한참 동안 지켜보다 더
이상 보이지 않게 되었을 때야 집으로 들어갔다. 한 번쯤은 뒤를 돌아
볼 법도 한데, 현민이는 한 번도 뒤를 돌아보지 않았다.

언제쯤이나 현민이에게 전화가 올까 기다리다가 지칠 대로 지쳤다. 현민이가 핸드폰이 있다면 카톡으로 연락할 수 있을 텐데, 핸드폰이 없으니 이건 정말 상상했던 것보다 백만 배는 더 불편했다. 먼저 전화를 해 보고 싶었지만, 혹시라도 현민이 엄마가 받으시면 부끄러울 것 같아 전화도 못 하고 하염없이 기다리는데, 조선 시대로 타임머신을 타고 날아가 집 떠난 낭군님을 속절없이 기다리는 여인이라도 된 듯한 기분이 들었다.

전화하는 걸 잊어버렸나? 이렇게 기다리며 보고 싶어 하는 사람이 있는데 현민이는 아무래도 나를 별로 안 좋아하나 보다 하고 생각하며 울적해지기 시작할 즈음 전화가 왔다. 도착해서 씻고 저녁을 먹느라 전화가 늦어졌다며 미안하다고 했다. 괜찮다고 말했지만, 핸드폰을 손에서 놓지 못하고 화장실도 못 간 채 핸드폰만 들여다보고 있던 자신이 바보처럼 느껴졌다. 하지만 괜찮다고 생각했다. 그렇게 좋아하는 현민이에게 전화가 왔으니.

세리와 현민이가 사귄다는 소문은 금세 퍼졌다. 다른 건 몰라도 연애 소문은 태풍급으로 빠르다. 월요일 아침, 학교에 가니 아이들이 세리와 현민이 주변에 몰려들어서 이것저것 묻느라 야단이었다. 왜 둘이 따로 있냐고 하면서 둘을 끌어다가 가까이 서 있게 하는 바람에 세리와 현민이 모두 얼굴이 새빨개졌다.

누가 먼저 사귀자고 했냐는 질문에 세리가 먼저 고백했다고 하니,

교실은 환호성과 휘파람 소리로 마치 공연이라도 시작된 것처럼 떠들썩해졌다. 평소 조용하던 두 아이의 연애 소식에 교실엔 핑크빛 바람이 일렁이기 시작했다. 눈만 마주쳐도 저 아이가 혹시 나를 좋아하는 건 아닐까 하고 생각했고, 마음속으로 좋아하는 아이에게 세리처럼 쪽지를 써서 고백해 볼까 하는 생각들로 아이들의 마음도 물결처럼 일렁였다.

현민이와 사귈수록 세리는 현민이가 더 좋아졌다. 현민이의 낮은 목소리, 웃을 때면 매끄럽게 올라가는 입꼬리, 길쭉한 체형, 부드럽게 풍기는 섬유유연제 냄새까지. 하지만 현민이에 대한 마음이 깊어질수록 이상하게 세리의 마음 한구석은 아려 왔다. 왜 그러는지 스스로도 알 수 없어 답답했다.

"그러니깐, 너무 좋은데 마음이 답답하다는 거야?"

요거트 스무디를 후루룩 마시며 연우가 물었다.

"아니, 답답한 게 아니라 마음이 아프다니깐."

세리는 한숨을 내쉬며 생과일 주스를 빨대로 저었다.

"혹시 현민이가 속상하게 한 일 있었어?"

"아니. 그런 거 없어. 잘해 줘."

"근데 왜?"

"야! 내가 그걸 알면 너한테 물어보겠니? 나도 왜 그러는지 모르겠으니깐 그렇지."

"흠……."

연우는 세리를 쳐다보며 눈썹을 위아래로 움직이더니 다시 물었다.

"현민이가 너한테 애정 표현 잘해?"

"무슨 애정 표현?"

"어머머! 안 하나 봐?"

"칫. 뭐라고 해야 하는데?"

"아니. 뭐, 좋아한다든지, 사랑한다든지. 큭큭큭큭."

세리의 온몸에 닭살이 돋는 것 같았다.

"야! 간지럽게! 그런 걸 어떻게 말해?"

부끄러워하는 세리를 보며 연우는 세리 쪽으로 얼굴을 가까이 들이밀며 말했다.

"내가 알아맞혀 볼까? 너는 현민이를 무지 좋아하는데, 현민이가 널 얼마나 좋아하는지 그 마음을 잘 모르겠으니깐 마음이 아픈 거야. 현민이가 잘해 주긴 하지만 현민이가 애정 표현을 하는 것도 아니고 말야. 아냐?"

세리는 손을 턱에 괴고 잠시 생각에 빠졌다.

"그런가?"

"맞다니깐! 뭘 그렇게 고민해? 현민이한테 직접 물어봐. 얼마나 좋아하는지."

"피~. 뭘 물어봐."

"좋아하면 서로 표현도 잘하고 그래야 하는 거야. 마음으로만 좋아하면 뭐 해? 이렇게 혼자 마음 아파하는 것도 모르면서. 사랑은 표현하는 거라고 했어. 몰라?"

"……."

"답답아! 혼자 낑낑거리지 말고 물어봐. 아직도 현민이가 어려운 거야?"

"아니야. 그런 거."

"에효. 좋아해도 탈, 사귀어도 탈. 쏠로가 세상 편하다!!"

연우의 말에 세리는 킥킥거리며 웃었다. 연우도 세리를 보고 환하게 웃었다.

연우와 헤어지고 집으로 돌아가는 길. 현민이 목소리가 듣고 싶었다. 독서실에서 돌아왔을 시간이다. 밥 먹고 씻고 나면 전화를 하겠지만, 지금 당장 목소리를 듣고 싶은 마음이 간절했다. 그런데 혹시 현민이가 아니라 현민이 엄마가 전화를 받으시면 어떡하나 하는 생각에 잠시 망설였다.

'에잇! 몰라. 바꿔 달라고 하지 뭐.'

떨리는 손으로 현민이네 집을 저장한 단축번호를 눌렀다. 신호음이 몇 번 울리고 나자 누군가 전화를 받았다.

"여보세요?"

망했다. 현민이 엄마인 것 같다.

"여보세요? 말씀하세요."

"안녕하세요. 저…… 현민이 친구인데요."

"아! 네가 세리구나! 얘기 많이 들었어. 잠깐만, 현민이 바꿔 줄게. 현민아! 전화 받아."

선선한 저녁 바람이 불어오고 있는데도 세리는 식은땀이 나는 것 같았다.

"여보세요?"

현민이다. 계속, 늘 듣고 싶은 목소리.

"나야. 세리."

"응. 알아. 밥 먹고 내가 전화하려고 했는데, 무슨 일 있어?"

무슨 일 있냐니. 우리가 무슨 일 있어야만 전화하는 사이인가. 마음 속에서 뾰족한 가시들이 솟아올랐다.

"어? 아니. 그냥. 집에 가는 길에 목소리 듣고 싶어서."

"그랬구나. 조금 늦었네?"

"응. 연우 만나고 가느라고."

"그래. 조심히 들어가 있어. 내가 금방 다시 전화할게."

"그래."

전화를 끊고 집으로 가는 길. 세리 마음은 또다시 허전하고 쓸쓸해졌다. 이상한 일이다. 누군가와 사귀면 행복해야 하는 거 아닌가. 그런데 왜 혼자일 때보다 더 쓸쓸한 것 같은 기분이 드는지 도무지 모를 일이다. 목소리 듣고 싶을 때 편하게 통화하지 못하고, 톡하고 싶어도 톡을 하지 못해서일까? 생각나는 그 순간, 바로바로 연락을 주고받지 못하니깐 늘 한 템포 늦어지고 마음이 제대로 전해지지 않는 느낌이 든다. 맞다. 그래서인 것 같다.

"집에 잘 도착했어?"

집에 도착해서 옷을 갈아입고 있으니 현민이에게 전화가 왔다.

"응."

"뭐 하고 있어?"

"음. 네 생각."

현민이에게 섭섭하고 속상했던 마음은 현민이의 목소리를 듣자마자 언제 그런 적이 있었냐는 듯 스르르 녹아 버리고 간지러운 표현이 술술 나왔다.

"아!"

세리의 말에 현민이가 어쩔 줄 몰라 하며 어색한 탄성을 뱉었다. 지금 어떤 표정을 짓고 있을지 눈앞에 그려져 세리는 키득거리며 웃었다.

"뭐야. 넌 내 생각 안 해?"

"아니. 하지."

"칫. 아닌 것 같은데?"

"아야. 정말이야. 잠자면서도 네 생각 해."

"웃겨. 이제 거짓말도 늘었네."

"진짜라니까."

"나, 좋아해?"

"그럼."

"너, 3초간 망설였던 거 지금 다 티나."

"진짜로 좋아해. 몰라?"

"응. 모르겠어. 네 마음이 잘 안 보여."

"내가 누구에게 좋아한다고 말한 거 처음이야. 정말 좋아해."

갑자기 진지하게 얘기하는 현민이의 말에 세리는 가슴이 벅차올랐다. 혼자 마음 아프다며 연우에게 고민 상담한 지 얼마나 지났다고 가슴이 뻐근해지며 행복에 젖어 드는 것 같았다.

"근데 너, 핸드폰 사 달라고 하면 안 돼?"

"왜? 아. 불편하지?"

"응. 나는 시시때때로 너랑 톡도 하고 통화도 하고 싶은데 그러지 못하잖아."

"조금만 참아 줄래? 내가 고등학교 가면 살게."

"맙소사! 3년 뒤에 산다고?"

"내가 결심한 게 있어서 그래. 학원 안 다니고 혼자 공부하는 게 쉽지 않잖아. 근데 핸드폰까지 있으면 게임하고 유튜브 보고 그러느라 혼자 조절 못 할 것 같아서 그래."

김이 팍 샜다. 3년이 넘도록 우리가 안 헤어지고 사귈 수 있을까. 세리의 마음이 복잡해졌다.

"너도 대단하다. 그냥 학원을 다니지. 별난 남자 친구 둬서 너무너무 행복하다."

비꼬는 듯한 세리의 말에도 현민이는 부드러운 말투로 달래듯 말했다.

"내가 더 잘할게. 응?"

"칫. 알았어."

잘하겠다는데 더 할 말이 없었다. 이렇게 자기 생각이 확고하고 뭔가를 열심히 해 보려는 남자아이들도 별로 없는데, 응원은 못 해 줄망정 방해를 하면 안 된다는 생각이 들기도 했다.

슬픈 욕심

아침부터 부엌에서 요란한 소리가 났다. 아빠가 아침을 준비하시나 보다. 뭘 하셨는지 고소한 냄새가 온 집에 가득하다. 더 누워 있고 싶은 마음이 간절했지만, 아빠 혼자 낑낑거리고 있는 게 분명해 보이는데 계속 버티고 있기 미안해서 벌떡 일어나 주방으로 갔다.

벌써 식탁엔 아침상이 거의 완성되어 차려져 있었다. 미역국, 갈치구이, 버섯전, 소시지부침, 소불고기. 진수성찬이다. 아빠는 비닐장갑을 끼고 잡채를 버무리느라 정신이 없다.

"아빠!"

"응. 잘 잤어?"

"힘든데 뭘 이렇게 많이 했어요."

"하나밖에 없는 우리 딸 생일인데, 이 정도는 당연히 해야지."

"칫. 미역국만 먹으면 됐지. 어제도 12시 넘어서 들어왔으면서, 피곤할 텐데 뭘 이렇게 많이 해요. 진짜 이러지 않아도 돼요."

"아이쿠! 우리 딸이 아빠 걱정하는 걸 보니, 다 컸나 보다! 얼른 앉아! 밥 먹자!"

아빠는 커다란 접시에 잡채를 소복하게 담아 식탁에 놓고 앉았다. 둘이 먹기엔 너무 많은 음식들이 식탁을 가득 채우고 있었다.

"생일 축하해!"

"고마워요."

세리는 미역국을 한 숟갈 떠서 먹었다.

"이야! 역시, 아빠 미역국 짱!"

아빠가 세리를 보며 씩 웃었다. 잡채도 한 젓가락 먹어 보고, 소시지도 먹어 봤다. 다시 미역국을 먹는데, 세리의 눈에서 눈물이 톡, 미역국 안으로 떨어졌다. 아빠한테 들킬세라 얼른 눈물을 닦았지만 아빠가 보고 말았다.

"아빠가 미역국을 너무 감동적으로 끓였나 보네. 우리 딸이 우는 걸 보니."

"응."

세리는 고개를 끄덕이면서 눈물을 삼켰다. 벌써 몇 년이나 지났지만 생일 아침이면 유독 엄마가 더 보고 싶다. 엄마가 좋아했던 미역국. 그 미역국을 먹다 보면 엄마의 목소리가 생생하게 들리는 것 같다. 미역국을 끓이며 엄마 생각을 얼마나 했을까, 우리 아빠. 그 생각을 하니 더 슬프다. 그래서 이제 생일날엔 미역국 안 먹었으면 싶다. 하지만 아빠는 생일 때마다 너무 열심히 생일상을 차리신다.

"아빠!"

"응?"

"나, 생일날 이제 미역국 안 먹어도 돼요. 그러니깐 이렇게 힘들게 상 차리지 마요."

"그게 무슨 말이야? 1년에 한 번뿐인 날인데."

"그날 저녁에 맛있는 거 사 주시면 돼요. 외식하면 되지."

"아침도 먹고, 외식도 하면 되지?"

"피~. 아빠 힘들잖아."

"아빤 괜찮아, 세리야. 네가 이렇게 건강하고 밝게 잘 자라 주는 것만으로도."

"난, 이 미역국 먹을 때마다 엄마 생각나서 슬퍼. 그래서 그래요."

아빠가 붉어진 눈으로 세리를 쳐다봤다.

"세리야."

"응?"

세리의 눈에서 대책 없이 눈물이 쏟아지고 있었다.

"생일날, 기뻐야 하는데 엄마 생각나서 슬퍼?"

"……."

흘러내리는 눈물에, 대답하지 못하고 고개만 끄덕였다.

"그래. 우리 딸 생일날이 슬프면 안 되지. 근데 세리야! 엄마 생각나서 슬프면 마음껏 울고 마음껏 슬퍼하자. 참으려고 하지 말고.
응? 엄마 보고 싶으면 언제라도 아빠랑 엄마 보러 가고, 그렇게 살자."

"응."

"그나저나, 학교는 재미있어?"

"네. 재밌어요."

"그래? 다행이네. 친한 친구는 생겼고?"

"반 친구들하고 다 친해요."

"우리 세리가 아빠 닮아서 성격이 좋구나?"

"푸하하! 뭐야, 아빠!"

"하하하하! 우리 세리 엉덩이에 털 나겠네!"

"에잇! 밥 먹는데, 아빠는 뭐래!"

세리는 울었다 웃었다 요란한 아침 식사를 마치고, 학교에 갈 채비
를 하고 집을 나섰다.

신발을 신고 문을 열자마자 연우가 얼굴을 내밀어 세리는 화들짝
놀랐다.

"해피버스데이!!!"

"뭐야! 깜짝 놀랐잖아!"

세리가 웃음기 가득한 얼굴로 연우를 흘겨보며 말했다.

"써프라이즈~!"

연우가 가방에서 조그마한 상자를 꺼내서 건넸다.

"뭐야?"

"생선이지!"

"고마워."

상자 속엔 케이스가 예쁜 쿠션과 립글로스가 담겨 있었다.

"우와! 너무 예쁘다! 근데, 이거 너무 비싼 거 아냐?"

"절친 생일인데 이정도 갖고 뭘?"

"역시! 절친밖에 없네!"

"그치? 내가 최고지? 근데 현민이가 네 생일은 알고 있어?"

"글쎄. 저번에 서로 생일을 말해 주긴 했는데 잘 모르겠네."

세리에게 생일은 엄마가 떠올라 그립고 슬픈 날이라, SNS에도 비공개로 해 두었다. SNS에 공개로 해 둔다고 해도 핸드폰이 없는 현민이는 알지 못할 것이다. 과연, 현민이는 세리의 생일을 기억하고 있을까? 현민이가 기억해 주었으면 좋겠다고, 현민이의 축하를 받는다면 생일이 기쁜 날이 될지도 모르겠다고 생각했다.

학교에 가니 현민이는 벌써 와서 책을 읽고 있었다. 아무튼 범생이도 이런 범생이가 없다. 세리가 자리에 앉아 가방을 푸는 걸 보더니 세리 옆으로 다가왔다.

"왔어?"

"응."

"우리 오늘, 저녁 같이 먹을까?"

"저녁?"

"응. 나 용돈 탔어. 맛있는 거 먹자."

"좋아."

아무래도 현민이가 세리의 생일을 기억하고 있는 것 같아 세리의 마음은 향긋하고 고소한 빵처럼 한껏 달콤하게 부풀어 올랐다. 저녁은 피자와 파스타, 그리고 연어샐러드를 먹었다. 둘이서 너무 많이 시켰는지 배가 심하게 불러, 공원에서 산책을 했다. 살랑거리는 저녁 바람도, 바람과 함께 닿을 듯 말 듯 스쳐 가는 현민이의 손도 푸른 거리의 풍경도, 모든 것이 설렘으로 꽉 찬 행복한 시간이었다.

저녁 먹고 산책한 것뿐인데 시간은 금세 9시를 훌쩍 넘었다. 현민이가 집으로 데려다준다고 해서 함께 집으로 걷는 길. 아슬아슬하게 스치던 손을 현민이가 잡았다. 따뜻하고, 뭉클했다. 현민이의 손은 아빠 손만큼이나 컸다. 날마다 이 손을 잡고 걷는다면 정말 행복하겠다고 생각했다. 집에 거의 다다랐지만, 현민이는 생일에 관해 한마디도 하지 않았다. 아무래도 모르고 있는 것 같았다. 기억해 주지 않아서 슬픈 마음이 들었지만, 현민이는 알지 못하면서도 이미 넘치는 생일 선물을 해 주었노라고 세리는 스스로를 위로했다.

"오늘 고마웠어."

세리의 말에 현민이가 멋쩍게 웃으며 말했다.

"뭘. 밥 먹은 것밖에 없는데. 얼른 들어가."

"응. 잘 가!"

현민이가 가는 모습을 쳐다봤다. 뒷모습만 보면 어른이라고 해도 믿을 것 같다. 든든하고 빈틈없어 보이는 뒷모습이다. 오늘은 돌아볼까? 세리가 계속 지켜보고 있다는 걸 현민이는 알고 있을까? 세리는 마음속으로 숫자를 세었다.

'하나, 둘, 셋, 돌아봐라. 넷, 다섯, 여섯.'

여섯을 세는 순간, 거짓말처럼 현민이가 뒤를 돌아봤다. 세리는 저도 모르게 손을 흔들었다. 현민이도 가로등 불빛 아래에서 손을 흔들며 웃다가 다시 돌아서서 걸어갔다. 행복한 하루를 보냈는데 왜 이렇게 가슴 한구석이 허전한지 모르겠다는 생각을 하며 세리는 터덜터덜 집으로 들어갔다.

집에 들어오기가 무섭게 어디서 지켜보고 있기라도 한 듯 연우에게서 톡이 왔다.

🗨 오늘 현민이랑 뭐 했음?

💬 저녁 먹고, 산책하고.

🗨 그게 끝?

💬 응. 응.

🗨 뭐야. 생일 선물은?

💬 (ㅠ.ㅠ)

🗨 몰랐던 거야?

🗨 그런 것 같아.

🗨 야! 이런 바보 같으니. 말을 해야지!

🗨 에이, 말을 왜 해. 이제 와서.

🗨 그래도! 알아야 할 거 아냐! 자기가 여친 생일도 모르는 바보라는걸!

🗨 아냐. 오늘 맛있는 밥도 사 주고, 산책도 하고, 좋았는걸.

🗨 아. 답답이. 고구마. 말을 하라고 좀.

🗨 응. 알았어. 다음에.

🗨 다음에 언제? 내년 생일 지나고?

🗨 ㅋㅋㅋ 그럴까?

🗨 뭐야 진짜. 기분이 좀 그렇겠네. 그치?

🗨 아니야. 행복한데, 쪼금. 그래.

🗨 쪼금 그렇긴. 많이 그렇겠구만.

🗨 그런가?

🗨 말할 건 말하고, 선물도 사 달라고 하고, 투정도 부리고 그래. 넌 너무
   얌전해.

🗨 얌전? 웃겨. ㅋㅋㅋ

🗨 내 조언 잘 생각해 봐.

🗨 응. 고마워 절친.

🗨 암튼, 태어나 줘서 내 친구 해 줘서 고마워. 우리 평생 가자.

🗨 당근! 내가 더 고마워. 굿나잇!

연우와 톡을 마치고 세리는 생각에 잠겼다. 현민이에게 미리 생일이라고 알려 주는 게 나았을까 싶은 생각도 들었다가, 알리지 않은 게 잘한 거라는 생각도 들었다가 장마철 날씨처럼 마음이 오락가락했다.

곰곰이 생각해 보니 현민이에게 미리 알려 주지 않은 건, 어쩌면 꼭 기억해 주길 바라는 간절한 마음 때문이었는지도 모른다는 생각이 들었다. 세리가 현민이를 좋아하는 것만큼 현민이도 세리에게 온 관심을 쏟고 알아봐 주길, 좋아해 주길 바라는 마음에서였는지도. 하지만 결국, 세리는 오늘 다시 한 번 확인하게 되었다. 현민이가 자신을 좋아하는 것보다 자신이 현민이를 더 좋아한다는 사실을. 더 좋아한다고 나쁠 건 없지만 마음이 아픈 건 어쩔 수 없다. 더도 말고 덜도 말고 현민이도 세리가 현민이를 좋아하는 만큼만 좋아해 주면 좋겠다는 생각이 들었다.

학교에서 현민이와 함께 보낼 시간은 생각보다 적었다. 현민이도 그렇고 세리도 그렇고 친구들과 모두 두루두루 어울리고 있어서 둘만 따로 있는 시간을 내는 게 쉽지 않았다. 어쩌다 큰맘 먹고 한 번씩 점심 먹고 산책하는 게 유일한 데이트라면 데이트였다. 학교 끝나고 나면 세리는 학원에 갔다가 집으로 왔고, 현민이는 독서실에서 공부하다 집으로 갔다.

서로의 스케줄이 다르다 보니 밤에 만나기도 쉽지 않았다. 세리가 가장 기대하는 시간이 잠자기 전 통화하는 시간인데, 그마저도 현민이가 부모님 눈치 보느라 오랫동안 통화하는 건 어려웠다. 남자 친구 라기보다는 그냥 남자 사람 친구 정도인 것처럼 느껴졌다. 세리는 현 민이와 속 얘기도 털어놓고 깊은 대화를 나누고 싶었지만 짧은 시간 탓에, 늘 가벼운 이야기만 나누게 되었고 그러다 보니 깊은 대화로 이 어지지 않았다. 어쩌면 다들 이렇게 사귀는 건지도 모른다. 하지만 세 리는 외롭고 쓸쓸한 마음을 현민이와 공유하고 싶었기에 현민이를 좋 아하면 할수록 세리의 마음속 구멍은 점점 더 커져 갔다.

학원에서 돌아와 라면을 끓여 먹으려고 물을 올려놓았는데, 모르 는 번호로 전화가 왔다.

"여보세요?"

"세리니?"

"네. 그런데요, 누구세요?"

"응. 아빠랑 같이 일하는 아저씬데, 아빠가 맹장이 터져서 지금 수 술 들어가셔야 해. 아빠 옷 좀 챙겨서 한일병원으로 올래?"

세리는 가슴이 철렁 내려앉았다. 핸드폰을 들고 있는 손이 덜덜 떨 리는 게 느껴졌다.

"아저씨. 우리 아빠 괜찮아요? 네?"

울먹이는 세리의 목소리를 들은 아저씨는 괜찮다며 염려 말고 얼 른 택시 타고 병원으로 오라며 안심시켜 주셨다. 아빠 방에 들어가 아 빠의 속옷을 챙겨 가방에 넣으려는데 눈물이 먼저 떨어졌다.

"맹장 수술은 간단해. 금방 끝나. 진짜 걱정 하나도 안 해도 돼."

아저씨의 말을 몇 번이나 되풀이해서 떠올려도 자꾸만 걱정되는 마음은 어쩔 수가 없었다. 이럴 때 현민이가 옆에 같이 있어 준다면 얼마나 좋을까. 대충 가방을 싸서 택시에 올라탔다. 눈물을 멈추고 싶어도 계속 흘러내렸다. 핸드폰을 꺼내 들고, 현민이네 집에 전화를 할까 말까 망설였다. 현민이가 받으면 좋겠지만 그렇지 않다면 현민이 엄마께 흔들리는 이 목소리를 굳이 들려주고 싶진 않다.

세리는 연우에게 톡을 보냈다.

　　　🗨 아빠 맹장 수술 들어간대. 나 무서워.
　　　💬 헐. 진짜?

답을 쓰려는 사이에 연우에게서 전화가 왔다.

"지금 어디야?"

"병원 가는 택시."

연우 목소리를 들으니 참고 있던 눈물이 다시 쏟아졌다.

"걱정하지 마. 맹장 수술은 간단해."

"응. 근데, 근데 무서워. 자꾸 무서워. 아빠 잘못되면 나 혼자 어떡해."

"어휴, 이 바보야! 맹장 수술하다 잘못될 일이 뭐가 있어! 걱정하지도 마. 아저씨 금방 웃으시면서 나오실 거야. 꼼짝 말고 병원에 가서 기다려. 내가 지금 갈게."

"됐어. 잘 시간에 어딜 온다고 해."

"아냐. 괜찮아. 울지 말고, 걱정도 하지 말고, 병원에 가 있어. 알았
지?"

"응."

세리는 눈물을 닦으며 병원 앞에서 내렸다. 수술실 앞에 가니 하늘
색 반팔 와이셔츠를 입은 아저씨가 다가오셔서 말했다.

"네가 세리니?"

"네."

"걱정 많이 했지? 수술은 곧 끝날 거야."

"네."

"저기 가서 앉자."

아저씨를 따라 의자에 앉아 있는데, 일 분이 한 시간처럼 길게만 느
껴졌다.

"근데, 아저씨."

"응?"

"우리 아빠, 많이 아프셨어요?"

"어. 저녁 생각이 없다고 했는데 조금만 먹고 일하자고 조금 먹었
는데 갑자기 아프다면서 바닥으로 구르더라고. 다행히 회사에서 그랬
기에 망정이지, 너랑 있을 때 그랬으면 네가 얼마나 놀랐겠니? 안 그
래?"

"네. 고맙습니다."

"고맙긴. 기특하네. 인사성도 바르고."

금방 나올 거라는 아빠는 소식이 없고, 이미 집에 도착했을 것 같은 현민이는 전화도 없다. 이렇게 불안하고 막막한 시간. 차라리 남자 친구가 없었더라면 기대라도 하지 않았을 텐데, 있으나 마나다. 아무것도 모르고 있을 게 뻔한 현민이가 괜히 원망스러워졌다.

이런저런 생각에 빠져 있는데, 저쪽 복도에서 요란하게 세리를 부르는 목소리가 들렸다.

"세리야!!"

연우와 연우 엄마였다.

"안녕하세요."

세리는 벌떡 일어나 연우 엄마께 인사했다.

"아이쿠. 세리야! 많이 놀랐겠네?"

"네. 조금요."

"에이, 조금은 뭘? 울고불고 야단이었어, 엄마."

연우이의 말에 세리는 연우를 흘겨보며 웃었다. 떠들썩하게 인사하는 사이, 수술실에서 아빠가 나왔다.

"아빠! 아빠! 나 보여?"

세리의 말에 아빠는 고개를 끄덕여 보였다. 세리는 수술 침대에 누워 있는 아빠를 보니 또 눈물이 나기 시작했다. 병실로 가는 내내 훌쩍이는 세리를 보고 옆에 계시던 아저씨가 아빠에게 말했다.

"딸 하나는 잘 낳았네! 나는 딸이 없는데 어쩌나."

"큰일 나셨네요. 지금이라도 하나 낳으세요."

연우 엄마의 말에 아저씨는 뒤통수를 긁으며 얼굴을 붉히셨다. 아빠가 의식이 맑게 돌아오고 나서 이런저런 이야기를 하실 수 있게 된 후 아저씨도, 연우와 연우 엄마도 집으로 돌아갔다. 병원에서 함께 자겠다고 고집부리는 연우를 돌려보내느라 애 좀 먹었다. 간이침대를 빼서 아빠 침대 아래쪽에 누웠다.

"아빠."

"응?"

"아파?"

"아니. 괜찮아."

"아프지 마. 놀랐잖아."

"응. 그래. 우리 딸 놀라게 해서 미안해."

"피~."

"무서웠어?"

"아프지 마. 나 혼자 못 살아."

이 말을 하는데 눈물이 흘러 귓속으로 들어갔다.

"에휴. 아빠 한 번만 더 아팠다가는 아주 큰일 나겠다. 알겠어요. 절대 안 아플 테니 걱정 마요, 아가씨."

그 순간 진동이 울렸다. 현민이다. 받지 않았다. 현민이가 필요한 순간은 지금이 아니다.

아빠는 혼자 있을 수 있다며 학교에 가라고 성화였지만, 세리는 병간호를 해야 한다며 우겨서 학교에 가지 않았다. 아빠 혼자 있으면 운동도 안 하고 가만히 누워만 있을 게 불 보듯 뻔해서 학교에 갈 수가 없었다.

수건에 물을 적셔 아빠 얼굴을 닦아 드리고, 양치도 해 드렸다. 아빠는 괜찮다고 하면서도 얼굴을 세리에게 쭉 내밀고 맡겼다. 그 모습이 꼭 어린아이 같아 세리는 저도 모르게 웃고 말았다. 그러고 보니 아빠 얼굴을 만져 본 게 얼마 만인지 모르겠다. 어렸을 땐 아빠 앞에 안겨서 볼도 꼬집고 머리카락도 잡아 뜯으며 많이 놀았는데, 엄마가 돌아가신 후로는 그런 기억이 없다. 내친김에 아빠 어깨 마사지도 해 드리고 발도 씻겨 드렸다.

"야! 아빠가 아프면 안 되는데, 아프니깐 이런 호강을 다 하고, 행복한데?"

어깨를 주무르던 세리가 아빠의 어깨를 세게 꼬집었다.

"아얏!"

"아빠! 그런 말 또 할 거야?"

"아니, 아니!"

"또 아프기만 해 봐. 온몸을 꼬집어 버릴 테야."

"우리 딸 무서워서 절대 아프면 안 되겠다."

시간이 어떻게 가는지 모르게 하루가 금방 갔다. 4시가 조금 넘으니 동현이에게 전화가 왔다.

"여보세요?"

"야! 너 왜 학교 안 왔어?"

"담임 샘이 말씀 안 하셨어?"

"응. 그냥 집에 일이 있다고만 하셔서. 잠깐만, 현민이 바꿔 줄게. 이 녀석 애타서 죽기 일보 직전이야."

"여보세요?"

"응."

세리는 저도 모르게 목소리가 퉁명스러워지는 걸 느꼈다.

"무슨 일 있어?"

"아빠가 맹장염으로 입원하셔서, 내가 병간호하고 싶어서 학교에 안 갔어."

"엄마는? 출근하셨어?"

"응."

"어느 병원이야? 내가 갈게."

세리는 병원 이름을 알려 주고 전화를 끊었다. 아무래도 현민이와 는 여기까지인 것 같다. 엄마 이야기도 하지 못하고, 힘든 순간 연락도 안 되는 남자 친구가 필요한 게 아니다. 아빠에게 잠깐 바람 좀 쐬고 온다고 말하고선 현민이와 만나기로 한 로비로 내려갔다. 택시를 타 고 왔는지 현민이는 금방 왔다. 음료수 세트와 빵을 들고서. 아마 현민 이 엄마가 사 들고 가라고 하셨을 거다. 다정하고 친절하신 엄마와 반

듯한 아들 현민이.

"괜찮아?"

"응."

"언제 입원하신 거야?"

"어제."

"그래서 전화 못 받았구나?"

"응."

"그래도 맹장염이라 다행이다. 큰 수술 아니어서."

"응."

계속 대답만 하는 세리를 현민이가 이상하다는 듯 갸우뚱하며 자세히 쳐다보았다.

"무슨 일 있어?"

세리는 두 주먹을 세게 쥐어 무릎에 올려 두고선 어렵게 말을 꺼냈다.

"현민아."

"응?"

"우리. 그만 만나자."

갑작스러운 세리의 말에 현민이가 놀라 안경을 다시 고쳐 쓰며 물었다.

"뭐라고?"

"그만 만나자."

"왜 그래? 내가 잘못한 게 있어? 말해 줘. 응?"

"아니야. 네가 무슨 잘못을 해. 그런 거 없어."

"근데 왜 그러는데? 응?"

"내가 너를 너무 많이 좋아해서, 그래서 힘들어. 그만하고 싶어."

이 말을 하며 세리는 저도 모르게 고개를 떨구었다. 무릎 위에 올려진 손등에 눈물방울이 톡톡 떨어졌다. 현민이가 세리의 손을 잡으며 말했다.

"좋아하면 계속 좋아하면 되잖아. 나도 너 좋아해. 우리 계속 좋아하면서 지내자."

"미안해. 내가 힘들어서 더는 못하겠어. 내가 필요할 때 항상 너는 없어. 목소리를 듣고 싶을 때 들을 수 없고, 이야기하고 싶을 때도 이야기할 수 없어. 시간이 지나서 너와 통화하게 되면 그땐 이미 내 마음은 혼자 정리가 다 되어 버린 상태라 너랑 나누지도 못해. 그래서 혼자일 때보다 더 외롭고 쓸쓸해. 그냥. 혼자이던 때로 돌아갈래. 그렇게 하고 싶어."

"나랑 연락이 제대로 안 돼서 속상했구나. 내가 더 자주 전화할게. 조금만 더 생각해 보자. 응?"

현민이가 간절하게 말했다. 현민이의 목소리와 눈빛을 보니 마음이 흔들렸다. 하지만 흔들리면 안 된다. 같은 상황이 계속 반복되리라는 것이 빤히 보인다.

"아니. 나, 급하게 내린 결정 아니야. 그동안 많이 힘들었어. 너랑 사귀면서 행복했어. 잘해 줘서 고마웠고. 넌 참 좋은 아이야. 근데, 나는 내 이야기를 더 많이 들어주고 나와 많은 걸 함께해 줄 사람이 필요한 것 같아."

세리의 말에 현민이가 고개를 떨구었다. 한참을 그렇게 앉아 있던 현민이가 세리의 손을 놓고 말했다.

"그래. 네 마음이 그렇다면 어쩔 수 없지. 하지만 언제라도 마음이 바뀌면 말해 줘. 기다릴게."

세리는 고개를 끄덕였다. 현민이가 자리에서 일어나자 세리도 따라 일어섰다. 현민이는 뚜벅뚜벅 걸어서 로비를 지나 회전문을 돌아 밖으로 걸어 나갔다. 이번에는 뒤를 돌아보지 않았다.

세리도 돌아서서 병실로 향했다. 병실로 향하는 세리의 눈에서 또르륵 눈물이 흘러내렸다. 현민이와 함께했던 시간이 머릿속을 스치고 지나갔다. 현민이의 낮고 부드러운 목소리, 따스하고 큰 손, 함께 걸을 때면 더 멋있고 듬직하게 느껴졌던 모습, 산책하던 순간, 교실에서 주고받던 눈빛들. 이 모든 게 이젠 추억으론 남게 되겠지.

하지만 이젠, 혼자 더 많이 좋아해서 외롭고 아픈 사랑은 하고 싶지 않다고 생각하자 아쉬움도 미련도 슬픔도 조금은 사그라드는 듯했다. 엄마 이야기도 터놓고 할 수 있고, 보고 싶다고 말하면 언제라도 달려와 줄 수 있는, 시시콜콜한 이야기도 주고받을 수 있는 그런 편안한 사랑을 하고 싶다.

병실에 들어서자 아빠가 말했다.

"딸! 아빠 방귀 나왔어! 퇴원해도 되겠다!"

"얏호! 다행이다! 아빠도 퇴원! 나도 퇴원!"